しあわせとお金の距離について

佐藤治彦

晶文社

ブックデザイン　平野甲賀

しあわせとお金の距離について　目次

3　終の棲家の考え方

4　健康と保険の健全な関係

5　終活をはじめる前に

6　五〇代からの賢い買い物指南

まえがき

まずはこの本を手に取っていただきありがとうございます。

人生一〇〇年時代がやってきたと言われます。とてもしあわせなことです。

しかし、多くの人が心のどこかで思っています。それって、もっとお金がいるってことだよね。それだけ長生きする人が増えたら、今の年金制度や医療保険制度ってもつのかな？　ふつうに考えたらもつわけがない。やっぱり自己責任時代。あとで泣きを見ないように、節約してコツコツお金を貯めておこう。また、運用して増やしておこう、とこうなります。

お金をどうやりくりするかは多くの現代人にとって日々の生活とその行動を決める重要な要素です。とくに、ゼロ金利時代の昨今は、なんとかしてお金を増やしたいと必死に本を読み、勉強をして、株式投資や、少額の資金で大きく儲けることができる（大きく損をすることもある）信用取引などにまで手を出す方がいます。

他にも外国為替のＦＸ取引、商品取引、不動産投資、仮想通貨などいろんな金儲けの話に飛びつく人がいます。悲惨な豊田商事事件を知っているはずの世代まで、原野、干し柿、肉牛、健康食品など様々な儲け話に手を出して、痛い目にあう人も後を絶ちません。そんな詐欺まがいのことに妻や夫に黙って手を出してしまったら、老後を支えるお金を失うだけでなく、夫婦関係や親子関係にもヒビが入るのは必然です。こうして、財産も人間関係もすべて失ってシニア時代を迎える人もいるのです。

リスクの高い運用などには手を出さないものの、将来のためにお金がもっと必要だと、毎日の生活をひたすら節約で塗り固める人もいます。旅行や趣味、美味しい食事も、友人との会合、同窓会の会費まで節約のために控える。節約の方法について、夫婦の考え方がそれぞれ違って、夫はたまには外で酒も飲みたいと思うのに、妻はこまめに電気のスイッチを消すことにもこだわって将来の老後のためのお金を作ろうとする。こうなると夫婦がお互いにストレスを感じるようになるかもしれません。

多くの人が人生の大半をお金のことを考えることに使い、少なからずお金に振り回される人生を送ります。お金に振り回される人生なんて、私はまっぴらごめんです。お金は大切ですが、あまりべったり考えすぎたり、大切に思いすぎたりすると、お金に振り回されるようになるようです。それは一般の家庭だけでなく富裕層でも同じです。お金というものは大切ですが、愛しすぎない。ある程度距離をとって付き合う方がいいと思います。そうでないと、お金はすぐに人の心を絡《から》め取ってしまうからです。

欲望に溺れた放蕩生活をすすめているわけではありません。老後の自己資金のために貯蓄をしていくことも大切です。しかし、楽しいことを何もしないで一度しかない若い時を過ごしてしまうのははたして正しい選択でしょうか？　我慢ばかりの生活をして、万が一、夫か妻が事故や病気で若くして人生を終えてしまったら、きっと後悔するはずです。残された者は、そこで反省して、早死にする可能性もあるのだから、これからは毎日お金を使って楽しく生きようと、急に方針転換などできません。死んだ相手に悪いからです。

では、お金は貯めたい。人生も楽しみたい。この二つを両立させるにはどうしたらいいでしょうか？　そのために、どんなことを考えてみたらいいでしょうか？　現代人にとってお金って何なんでしょうか？

多くの人にとって、人生の目的はしあわせであることです。そして、中年も過ぎるとしあわせはお金で買えるものではないことを知っていますが、お金を使ってしあわせになることも経験しています。お金がないと日々の生活ができないことはよく知ってます。

お金との接し方は人それぞれです。それはその人の人間性が映し出される鏡のようにも思えます。人それぞれなのですが、昔から、お金に汚い人だ、なんてことを言われたら、どんなコミュニティでも生きづらくなるものです。お金がないと困りますが、お金がありすぎて不幸になる人がいるのも事実です。しあわせで心地良い人生にするためには、いい距離でお金と付き合い、そして、うまく使いこなすことが必要なようです。

この書籍では、むずかしい経済の理論などは一切使わずに、お金と人生のことを考えます。ビジネス書のコーナーにあるマネー本ではありません。だからと言って、軽妙洒脱な文章で綴られたエッセイ本でもありません。ジャンルにこだわらずお金と人生のことを綴ってみました。この一冊の本で、すべてのことを網羅できるわけでも、絶対に正しい考え方でもないとは思います。でも、きっと何らかの役に立つと思っています。

佐藤治彦

1

不安とともに人生を過ごさない。その考え方と生活の技術

人生を一〇〇年時代と考える前に

毎年春と夏の甲子園での高校野球を楽しみにしています。そして、正月は箱根駅伝で若い人から勇気と喝を入れてもらって一年が始まります。アマチュアで報酬があるわけではない。プロの未来が約束されているわけでもない。それなのに、彼らは何であそこまで頑張れるのだろう。若くて未熟なはずなのに、なぜあそこまで到達できるんだろう。長年、そう思ってきました。高校野球の選手たちは、レギュラーどころか補欠しかなれない人たちも走り込み、遅くまで泥まみれでノックを受け、辛い筋トレをする。いろんな欲求もガマンして頑張るのです。

こんなことができるのは、きっと才能がある選ばれた人だけなんだろうと思ってました。しかし本当に男女問わず数多くの人がさまざまな場所で頑張っています。体育系だけでありません。ブラスバンドや合唱のコンクールに挑む人も同じです。いや、受験勉強する人も同じでしょう。こうなるともう選ばれた人ということでは説明がつきません。

私は「終わりがあるから頑張れる」という仮説をたててみました。

どんなに優秀でも、辛い補欠だとしても、その練習は高校三年生の引退の時期で終わる。確実な終わりが見えている。頑張れるのは今と少し先の未来にしかない。この辛さは永遠に続かない。そう知っていることも関係しているのではないのでしょうか。終わりが見えているから毎日を大切に生きることができる。頑張ることができるのではないかと思うのです。

未来が永遠に続くかのような錯覚と幻想を捨て去って、遠い先ではなく、近い未来に終わりを決めてみる。これは毎日の人生を大きく変えるキーワードになると思います。

たとえば、妻に先立たれて後悔している初老の男性はこう嘆きます。

「こんなに早く別れが来るのであれば。もっと優しく大切にすればよかった。もっと妻のためにお金と時間を使えばよかった」

初老の男性だけでなく、八〇歳で夫との別れの日を迎えることになった妻も、親孝行が足りなかったと思う子どもも、誰もがそう思うのです。

あなたの人生があと一年か二年しかないとしたら、あなたはどうやって生きるでしょうか？　夫婦が一年後に確実に離婚か死別をするとしたら、あなたはどういう行動を取るでしょうか？　あれもしたい。これも伝えたい。いろんなことを思うのではないでしょうか。そして、きっと濃厚で有意義な時を送ろうと願うでしょう。いや、逆もあるかもしれませんね。これからも一緒にいなくちゃいけないと思うから我慢しているけれど、あと一年だったらそんな細やかな気持ちで接するのも勿体ないなどと……。

たとえば、同窓会の通知と会合、心を寄せる友人との会話や談笑。それが、この一回で最後だと知っていたらあなたはどうしますか？　あと一回しか会えないのなら、どうでもいいやと放り投げるか、一回しかないのならと、すごく大切にするでしょうか。

若い人にも尋ねます。付き合い始めたカップルでも、結婚したばかりのご夫婦も、その関係はどんなに良いものだとしても五年後には解消される。終わるということが決まっていたら、どうしますか？　相手をどこまでも大切に慈しむでしょうか。そんなに短い間に終わりが来るのなら大切にしても仕方がない。自分のことだけ考えて行動するでしょうか。

街で長年営業してきたラーメン屋やレストラン、駅前で何十年も愛されてきた映画館やデパートも、これで閉店となると多くの人が押し寄せます。そして、思うのです。もっと頻繁に通っておけばよかった。もっと大切にしておけばよかったと残念がるのです。

身体の自由がこんなに早く効かなくなると知っていたら、もっといろんなところに旅行すればよかったと嘆く六〇代後半の人を山ほど見てきました。そんな時に少し意地悪く私は毎回思うのです。数年後ではないとしても、一〇年後には、今と比べれば確実に身体の自由は効かなくなることを知っていたはずなのに、と。人は自分が衰え、死ぬことをその間際まで意識しないようです。だから、時間も人間関係もお金との付き合い方も間違ってしまうのです。

平成生まれの人には笑われるでしょうが、私の若い頃には、「どうせ拾った命だから」そんなふうに言う大人が大勢いました。自分は戦争や災害でたまたま生き残った。終わりというのはいつ来るか分からない。だから、一日、一時を慈しみ大切に生きるのだ。その言葉からは、そういう覚悟が伝わってきました。

人生一〇〇年時代などと呑気なこと言って、お金を貯めること、増やすことばかりを考えて、お金を使って人生を謳歌する、豊かな人間関係を作ることをおざなりにしないでください。自分の人生はあと二年だ。この人との関係はあと一年で終わる。そう時間を決めて行動してみてください。きっと充実したものになります。いつかは読みたいと思っていた万葉集を読むかもしれません。死ぬまでに関係を修復しておきたいと思っていた親戚のおじさんや、長年会っていない友人に会いにいくかもしれません。家の売却、コレクションの整理。そんなことも重い腰を上げて始めることができるようになるかもしれません。

先延ばしにするのをやめて行動すれば、きっと新しい扉が開かれます。そして、自分で決めた終わりが来た時に、まだ未来があると分かったら、ああ、得したと思えばいいのです。そして、もう一度、次の終わりの時を決めて生きていく、人と接していく。こうして新しい扉を開き、人生の次のステージいくことができるのだと思うのです。

老後破産教に入信していませんか？

多くの人が老後破産教に入信しています。老後に破産してみじめな人生が待っているのではないかと不安になり、無闇やたらにお金を増やしたがる、保険に入りたがる。それが、老後の不安を解消するものだと信じ込んでしまっている。

一年ほど前に関東のある県の県民大学の市民講座の講師をしました。一〇時間の講義の最後に質問時間をとったら、初老の男性からこう質問されました。

「退職一時金のいい運用先を教えてください」

マイナス金利の時代に、誰も知らない魔法の運用先でもあると思われているのでしょうか。

それとも、私がA社の株式に全部投資するといいですよ、金や商品先物がいいですよとでも言えば、そうなんですか、分かりました！　と投資をするのでしょうか。

先ほどの初老の男性のような考えは、とても危険です。なぜなら世の中には老後資金を当て込んでの投資話が山ほどあるからです。安定した収入のある不動産投資、成長著しい新興国への投資信託、インフレに強い金へ分散投資。怪しい詐欺まがいのものも少なくありません。

多くの投資話のうたい文句は、「安定」、「安心」、「確実」がイメージされる言葉を混ぜて語られます。

しかし、それらはリスクがあるものばかりです。リスクがあるということは、資産を不安定化させる（＝減ることもある）ということです。いったん預けたら利息で自然に増えていく高金利の定期預金は、マイナス金利の時代にはないのです。諦めてください。

何十年か前に、金投資の詐欺の儲け話、豊田商事事件で数万人が被害を受けたことがあります。「老後のための退職金をすべて取られてしまったんです」。テレビニュースでは多くの被害者老人が泣きながら語っていました。この手の詐欺話は数年に一度は大規模に繰り返し起きています。その度にテレビニュースで何回も同じようなインタビューを目にしてきました。

被害者団体ができることもありますが、金はほとんど戻ってきません。もちろん、国から補償されるわけもありません。泣き寝入りです。いや、弁護士費用を払うから泣きっ面に蜂と言ってもいいと思います。たとえ裁判に勝ったとしても、詐欺師たちは金はもうありませんとやるものだから、金が戻るわけではないのです。ただ諦めるしかありません。

私に質問をしてきた男性に、ある投資商品を奨めるとしましょう。リスクのある商品ですが、今の経済状況など総合的に判断して有望な投資先だと思って推せんしたとしましょう。しかし、それは、「今の経済状況の下での」、という条件付きになります。環境が変われば、それ相応の対処が必要です。売却して儲けを確定する。さらに投資資金を増やす。時には損失をこれ以上増やさないために損切りすることも必要です。

私の推せんで始めた投資もその後の対応は自分の判断で決めて行かねばなりません。もちろん、私の分析が間違っている時もあるでしょう。何も考えず投資した男性は、イチイチおろおろしてどうすればいいか迷うでしょう。自分で決めないで始める投資というものは、そういう結末を迎えることが多いのです。

リスクをとっていい人は、すでに核となる資産を持っていて生活には困らない人で、目減りしてもいい余裕資金で行える人なのです。そして、そういう人は自分で投資先や運用方法も決められるものです。

六〇歳までに作って来た資産をこれから何とか増やしたいと必死になる人が多すぎます。

そうして退職したあとに証券会社の支店の株式ボードの前に座り銘柄の値動きを一日中見続ける。まるで現役時代に会社に通うように日参して金を増やそうと頑張る。そんな人が大勢います。やめておいたほうがいいです。時間があるからと、一生懸命のめり込んでも、世の中の大きな市場経済の流れに逆らえるものではないのです。たとえ一時期は、儲かったとしてもそれは自分の隠された投資能力が開花したわけではなく、たまたまなのです。多くの場合は、投資を始めたあとに市場がたまたま上昇トレンドに入り、たまたま儲かっただけです。それなのに、自分には投資の才覚があったのだと勘違いしてしまう。いくばくか儲かっているのに、それを喜ぶどころか、あの時、一〇〇万なんてケチな金額ではなく一〇〇〇万を投資していれば、一〇倍も儲かったのにと地団駄を踏む。一〇〇〇万円で投資を始め、たまたま儲けた人も、今度は五〇〇〇万円と投資資金を増やす。もっと金を注ぎ込む。こうして、そのうち手痛いしっぺ返しをくらって、あっという間に儲けも資産も吹っ飛んでしまうのです。

退職してから時間があるからと、マネーの世界に虎の子の老後資金を注ぎ込んでしまうのは、危険が大きすぎます。六〇歳くらいまでに作ったあなたの資産は、それがあなたの等身大の経済力であり投資力なのです。

あなたが作った老後の虎の子の一〇〇〇万円。足りないなあと思うかもしれません。しかし、三〇〇万円しかないのと比べたら、相当良くありませんか？

大切な一〇〇〇万円が大きく減ってしまうリスクにさらすのは賢明でしょうか。

余裕資金がないのなら、無理してお金を増やそうとしないほうがいいです。頑張れば逆転満塁ホームランを打てると思うのは、三〇歳を過ぎてからオリンピック選手を目指そうとするのと同じくらい無謀なのです。

つまり、手もとの資産の現実を受け入れよ、ということです。


冒頭で、いい資産運用先を尋ねた男性に私が言った答えはこのひと言です。

「増やすのではなく、どう使うか考えてください。できれば、今のうちに使うことですね」

増やしたいと言ってるのに使いなさいと言われ、男性はびっくりしていました。しかし、それは私の本心なんです。

相談にきた人は会社員だったから、厚生年金から毎月の年金が出るはずです。これで、大概の場合、食費や光熱費などはまかなえます。医療費も日本ならほぼ公的に見てもらえます。持ち家だと聞いていたから住居費もすぐにはかかりません。それに加えて退職一時金があるのです。それは、これからの生活を豊かにするために使っていいお金のはずです。

老後が心配というとお金のことばかり言う人が多すぎます。それよりも、これからどう健康を維持していくか、どう楽しい時間を過ごすか、そういうことをもっと考えるべきです。健康の維持にも、楽しい時間を過ごすにも、たいていは少しばかりの金は必要です。何をするにも金はいるのです。

今のうちに使うことですよ、というのは、どんな楽しいことをしようか、どう健康を守って行こうかということを考えることが先ですよ、そういうふうに言いたいからなのです。別に、ギャンブルをしたり、銀座のバーで散財してくれ、無駄遣いをしてくれと言ってるわけではありません。

あなたは持ってる退職一時金をどのように使いますか？　すんなり答えが出てきますか？　案外むずかしいのではないですか？

一度じっくり考えてみてください。使い道がそれほどないとしたら、そんなにお金を増やすことにこだわらなくていいはずです。そして、限りある人生の大切な時間をお金を増やすことばかりに使う必要がありますか？

「そうは言っても老後が不安で」と多くの人が言われます。

そもそも、あなたの老後の心配はお金ですか？　もっと別の不安があるのではないですか。老後の不安は、健康や孤独、もっと突き詰めると、命が終わることへの恐怖や寂しさではないですか。それは、どんなにお金を増やしてもなくなりません。不安は減らないのです。

そんな不安ばかりに心を奪われるから、ヘンテコな詐欺話に引っかかったりするのです。不安や哀しみに心を奪われてはいけません。そんな無駄な時間はないはずです。そして、不安や哀しみというものは多くの場合、打ち勝とうとするよりも受け入れる方がいいものです。それが命あるものの宿命なら一緒に寄り添って生きていく。そして、なぜか受け入れると不安も哀しみも鎮まるものです。もう一度申し上げます。楽しいことをすることです。限りある人生を笑顔で活き活き生きて、個々が与えられた時間を明るく染めあげていくしか、私たちには選択肢はないのです。

「そうは言っても先立つものが……」

やっぱりお金の話になるんですね。お金でしあわせは買えないって、子どもの頃から文学や映画で繰り返し繰り返し教えられてきたはずなのに。それでは、もう少しあなたにお金の話をしてみましょう。

ガマンは美徳？
マイナス金利時代に意識しておきたい大切なこと

平成は好景気の実感がなかった時代でした。経済統計上は景気がいいとされても、多くの人がそれを生活実感として感じることはありませんでした。平成になった頃に日本は超低成長時代に入り預貯金金利はどんどん下がり、二〇一六年一月に日本銀行はついに金融機関向けにマイナス金利政策を導入しました。いまや銀行にお金を預けても利息がもらえない時代なのです。

これはいったいどういうことを意味するのでしょうか？

昭和の時代には定期預金にはそれなりの利息がつきました。たとえば年四％の金利がつくということは、一〇〇万円が一年後には一〇四万円になる。二年後には一〇四万円に四％の利息が付くから一〇八万一六〇〇円になる。三年、四年とおいておき、一〇年後には一四八万円になりました。二〇年後は二一九万円、三〇年後は三二四万三〇〇〇円です。

今は一〇年後に一〇四万円になれば御の字という状況です。こういう経済状況の違いは何を意味するのでしょうか。

金利がついた時代は、今三〇歳の人がお金を使わずに三〇年間ガマンしたら六〇歳の老後の入り口のときに三倍以上のお金になって戻ってきたわけです。若い頃のガマンで中年以降、老後の経済的な豊かさを実現させることができたわけです。

しかし、今はどうでしょう。

何年かかっても貯蓄は増えません。何年ガマンしても一〇〇万円はほぼ一〇〇万円です。

もちろん、少子高齢化が急速に進んでいき、マクロ経済スライド方式で年金額を決定できることになった今、将来にもらえる年金だけで老後の生活を支えることはむずかしいでしょう。

ちなみに、マクロ経済スライドとは、経済状態や人口状態など年金財政がおかれた状況により年金支払い金額を調整できる（＝減らすことができる）というシステムです。

先行きが不透明で、将来が不安でしかたのない人が多いので、増えないとは分かっていても多くの人が貯蓄ばかりに目を向けてしまうのです。

貯蓄だけでは消極的だと、株式投資や外貨預金、金や不動産投資、最近ではビットコインみたいなものにまで手を出す人が出てきました。でも結果は、先ほどから言っているように、詐欺的な投資話に引っかかって財産をだまし取られる人さえ出ています。

お金は大切ですし、将来のお金のことも考えてガマンをすることも必要でしょう。しかし、もうひとつ考えていただきたいことがあります。それは、将来の自分の心です。


六九歳で亡くなった私の母は、旅行は見舞いと墓参りだけ、広告のポスターのモデルもしたことがある美人でしたが、贅沢とは無縁でガマンばかりの人生でした。私が働くようになり、外国で母の好きそうな洋服やアクセサリーを買ってくるととても喜んでいましたが、若い頃に着たかったというのが口癖でした。

何を申し上げたいかというと、老後のことを考えてガマンするのは結構ですが、若いうち身体の自由がきく間に楽しい思い出を作らなかったら、将来のあなたが思い出す楽しく愉快な思い出がないことになる。私たちは、若い頃のちょっと楽しい、時には顔を赤くするような思い出、心に灯す幻影のようなものが絶対に必要なのです。

もういちど最初の話に戻ります。昔は金利が付いたのでガマンすれば、将来の経済的な豊かさにつながりました。今はそうでは、ないのです。では、五〇歳で五〇万円使って楽しいことをするのと、七〇歳で五〇万円を使って楽しむのではどちらがいいでしょうか？

よくよく考えてみてください。もう若くないと思われる方も、これからのあなたの人生の中で今が一番若いのです。若いということはそれだけ身体の自由も利くし、活動的にもなれるわけです。今お金を楽しく使わなくていつ使うのでしょうか。

一九九〇年代までの日本の経済状態を知っておられる方は、私が冒頭で示した四％の利息のことを、当時はもっと付いたと思われるでしょう。確かにその通りです。私がなぜ四％で計算したかというと、実質金利はそれくらいだろうと思ったからです。実質金利とは、物価上昇分を差し引いた金利のことです。

平成の日本はインフレがまったくといっていいほどありませんでした。むしろデフレの時代も長かった。さて、これからはどうでしょう。外国旅行をしてみるとよく分かりますが、アメリカもヨーロッパも、オセアニアやアジアの国でさえ物価は上がりました。今も上がり続けています。日本だけはこのままこれからも物価は上がらないのでしょうか。

もしも、今後の日本で物価が本格的に上がり始めたら、銀行に預けるお金の実質金利はそれこそマイナスになるかもしれません。そのときには、今の一〇〇万円が将来は九〇万円、八〇万円の価値にしかならなくなります。そのときにガマンは美徳、とあなたは、思うのでしょうか。

年金や健康保険制度がどうなるか、が不安でたまらないあなたへ

私たちがよく集めるものに、不安があります。不安なことをひとつひとつリストにしてしまいます。

夫の給料が減らされたらどうしよう。もしかしたら、リストラなどで定年まで働けないかもしれない。不安だ。

年金制度や健康保険制度が崩壊してしまうかもしれない。不安だ。

物価が異常に上がるかもしれない。不安だ。

大病やケガ、もしくは、災害にあうかもしれない。不安だ。

不安なことは山ほどあり、それなりに理由はあります。

最近は思った以上に長生きしてしまうかもしれない。お金が続くかしら？　不安だ。人生一〇〇年時代の長生きリスクだそうです。

長生きすることはしあわせなはずなのに、それさえも不安な材料のひとつにしてしまいます。

そして、その不安をすべてお金で埋めようとしている、それこそが問題です。


ここで年金や健康保険制度についてもひと言申し上げます。多くの人が特に不安に思っていることだからです。

国がやるんだから絶対に年金制度は大丈夫だという意見から、財政事情を考えると年金は払われなくなるなど、将来の年金制度や健康保険制度についてはいろんな考えがあります。専門家でも意見が大きく分かれています。

私も考えを求められることがしばしばあります。年金も政治的に決まっていくことですから、超高齢化社会の日本で、高齢の有権者の反感をかうような政治的決断などできるわけがないという考えを聞けば、確かにそうだよなと思うし、これだけ財政事情が悪化しているのだから、何らかの是正が行われるだろうと言われれば、確かに必要だと思います。

また、かつてのソビエト連邦やギリシャのように国家としての存立が危うくなったときには、何らかの外部要因で大きな制度の変更があったものです。日本でもそうした状況になれば、そのとき老人の生活は地獄をみるようなものになるだろうという主張にも、まったくあり得ないなどと言うのは専門家として無責任だと思うのです。

何だよ、専門家のくせに答えられないのか。

そう言われるかもしれませんが、答える方が不誠実だと思うのです。これらは、すべて「説」なのです。年金はこのまま維持される説、年金はいつか崩壊する説といった具合です。

いや、法律で決まっているのだから、間違いないと言われる方にも申し上げます。その法律を変えることができるのが政治であり、マーケットなのです。

いろんな説をきいてネガティブな人は、可能な限りの節約とガマンを始めるでしょう。もしかしたら、お金を増やそうと危ない投資を始めるかもしれません。いっぽうで楽観的すぎる人は、何の対策もしないまま危機を迎えてしまうかもしれません。

前者はできる限りの老後のお金の準備はできるのかもしれませんが、今の生活は決して楽しくありません。後者はいざという時になったら、その後は極貧の生活を強いられるでしょう。そして、あんなことにお金を使わず貯めておけばよかったと後悔するかもしれません。

私は、どちらもオススメしていません。

私が将来の年金制度や健康保険制度についてどう思うかと聞かれて答えているのは、「薄曇り小雨説」です。このまま何の対策もされないままのわけもないし、大きく崩壊したら国が大混乱になるから、どちらも可能性としては低いのではないか？

つまり、やや厳しくなる、という風に申し上げています。

民主主義というのは、よほどの事がない限り、大きな大変革はありません。賛成する人と反対する人の両方の意見をきいて、よい案配の着地点を見つけるものです。つまり、変革があるとしても、できるだけ大きな影響がないように、ほんの少しずつ進めていくのが常なのです。

それに、極端な説を宗教のように信じ込んで、それと真逆な方向にいったときには生活への影響は計りしれません。何となくやや大変としておけば、分かりやすく言うと、両者の説の真ん中ですから、どちらかにブレたとしても、インパクトは少なくてすみます。

そして、制度の存続のことよりも、大病をした、大きな災害に見舞われたといったことのほうが個々の人生にとっては大変で、そちらを心配する方がもっと大切だと思うのです。

出し抜いてやろうという人は丸裸にされます。知恵を使って増やすべきなのです

日本人は資産運用に関して堅実です。

ところが老後は十分な自己資金がないと乗り切れないといろんなメディアで喧伝され、三〇〇〇万円必要だ、いや五〇〇〇万円だと言われると、自分の資産との差にどうしようと思ってしまいます。そして、老後資金の資産作りの勉強を始めます。そんな本には、不動産投資で安定した老後の生活をとか、株式投資もリスクを分散する方法があるなどと書かれています。それを信用してしまって本当に始める人がいます。リスクを分散すればいいのかと三社ではなく一〇社に投資先を増やして株式投資をしてもリーマンショックの時には全て下がったのです。バブル崩壊の時も同じです。大きく下がったもの、ものすごく大きく下がったもの、普通に下がったものがあっただけで、損をしないリスク分散などに

はなっていません。市場がどう変化しようと増えていく投資なんてありえません。数冊の本を読めば資産が増えるのなら誰も苦労しません。

本来は定期預金などの預貯金でも利息が付いて安定して増えていくものなのですが、今はほぼゼロ金利。これでは仕方ありません。アメリカドル、ユーロ、オーストラリアドル、南アフリカのランドと世界中のいろんな通貨に分散投資したとしても、円高の時にはほぼすべての通貨で為替損をするわけです。そして、もうひと言付け加えると、定期預金でも正確にはリスクがないわけではないのです。預金額は減りませんが、物価が上がれば購買力は落ちるからです。

退職金も入って三〇〇〇万円の預貯金を持っているとします。もう少しお金があればもっと優雅な生活ができると思って、株式投資に投資をし増やそうと考えたとします。あなたはどうやって始めますか？

最初に三〇〇〇万円を全部投げ打って一点買いのようなことをする人はまずいません。大抵は何冊も本を読み、証券会社主催の投資セミナーに出かけて勉強し、いろんな人の意見も聞いて、これならきっと大丈夫だろうという株式を、買うタイミングも考えて、せいぜい一〇〇万円くらいの投資で始めるものです。慎重に始めるので上手くいく。で、株価が上がり一四〇万になったとします。四〇万円儲かったといううれしさと同時に、こう思うはずです。何でもう少し多くの金で始めなかったのだろう。たとえば、一〇〇〇万円でやってれば四〇〇万円の利益が出たのにと残念がるのです。儲かって喜んでいいはずなのに残念がる。ここが、テレビに出ているホリ×モンといった超金持ちとの差だなあ、とため息までつくのです。じゃあ次は一〇〇〇万円でやるのかといったらそんなことも大抵しません。少し増やして、二〇〇万円。せいぜい三〇〇万円です。それでまた儲かるとします。今度も五〇万円儲かった。最初のうちはこのように慎重に銘柄も投資のタイミングも考えるので、そこそこの成功を収めます。そこでやめられないのが人間です。思ったよりも上手くいくので、自分には投資の才能があるのではないかと勘違いして、それまでよりも慎重さを失った投資になっていきます。そして、投資金額も大きくなっていく。そして、大きく投資した後にどかーんと損をして今まででた利益の大半まで失ってしまうのです。

通常の現物の株式投資で何回か成功し利益を出せたものの手持ち資金が少ないので大きく儲けることができない人は手持ち資金はそれほどなくても大きく儲ける可能性がある（＝大きく損をする可能性もある）ハイリスクの商品、先物や信用取引などに手を出していくのです。そして、大きく損をしてやはり今までの利益も全部吹っ飛んでしまうのです。

もう一度申し上げます。欲のある投資も損をしたくないと最初は慎重です。金額も少なく選び方もタイミングも入念に吟味する。しかし、何回か上手くいくと自分はそこそこ投資の才能があるのではないかと思ってしまい、だんだんと銘柄選びも投資のタイミングも雑になっていく。それなのに欲があるから投資金額は増えていく。こうして失敗するのです。シニアになってからそんなものに手を出すことなんかしないほうがいいです。自分は慎重にするからと、されたい方はどうぞ。ただ、私はすすめません。

そんなことより、もっと確実にお金を増やす方法を考えるべきなのです。定年を間近に控えた夫婦がやってきてお金の相談を受けました。間もなく入ってくる退職一時金の使い道です。今の時代に二〇〇〇万円以上も貰えるという恵まれた人です。わかりやすく、どんな会話をしたのか再現します。

夫「実は住宅ローンが七五歳まで残っていて、ちょうどそれも二〇〇〇万円くらいなんですよ。そこで、繰上げ返済しようと思うのですがどうでしょう?」

妻「二〇〇〇万円を預金しても利息はほとんどもらえませんよね。それなら、利息を払わなくちゃいけない住宅ローンの返済に回した方がいいと思うんです」

私「なるほど、それで、二〇〇〇万円を繰上げ返済に廻した後は手元にいくらの現金が残るんですか?」

妻「三〇〇万円くらいでしょうか」

私「それじゃあ、ちょっと少なくありませんか？　何かあった時に」
夫「そうなんです。それで、来年六五歳で退職するんですが、年金をもらうのを少し遅らせてさらに働こうと思うのです。家にいても暇を持て余すばかりだし」
私「でも、やっぱりご主人に万が一のことがあったら心配ですよね」
妻「そうですけれど、今はシニアでも入れる保険ってのがありますよね」
私「生命保険、死亡保険に入る予定なんですか？」
妻「今も入っています」
私「掛け金はいくらですか？」
夫「ちょうど更新の時期なんですよ。それも相談したかったんです。掛け捨てのに入っているんですが」
私「今はそういう時代ですからね」
妻「六五歳から、一〇〇〇万円の死亡保障が、一〇年定期だと月一万三八〇〇円、二〇年だと二万三七〇〇円くらいです」
私「そうですか。ネット保険だったら掛け金もそれくらいでしょうね」
夫「他にも保険に入ってます。佐藤さんが、バブルの時に入った終身保険はお宝保険の可能性もあるからやめない方がいいと言うので、それも入っています。一〇〇〇万円。高いんですけどね、掛け金」
私「じゃあ、いざとなったら一〇〇〇万円入ってくるんですね。ちょっと安心しました。さらにもうひとつ、保険に入っていませんか？　いや入っていますよね」
妻「え!?」
私「住宅ローンの団体生命保険」
夫「そりゃ入ってますよ。だって、住宅ローン払ってんですから。でも、万が一のことがあったら、それってお金が銀行に支払われるだけで、私たちには一銭も入ってこないんでしょう？」
私「そうですけれど、そんな風に考えない方がいいですよ」
妻「どういうことですか？」
私「今のところマイホームを売却しようと考えてはいないんですよね？」
夫「はい。佐藤さんは売った方がいいと言うけれど、私たちは売りたいとは……」
私「それは個人の考え方だから、もちろんいいんです。でもね、あと二〇〇〇万円もローンが残っていてご主人に万が一のことがあったら、ローンの残りは払わずにマイホームは自分のものになるわけじゃないですか」
妻「はい」

私「それって、普通の生命保険は万が一の時に現金で支払われるけれど、この場合は万が一の時には不動産、つまりマイホームで支払われるのと同じじゃないでしょうか？」
夫「まあ、そうですね。ローンの残りは払わなくていいわけだから」
私「住宅ローンは変動ですか？　固定ですか？」
夫「変動です」
妻「今の金利は一パーセント以下です」
私「でしょうね。一〇〇〇万円の生命保険を更新すると、毎月一万三八〇〇円払うんですよね。つまり、年間で一六万五〇〇〇円、それが二〇〇〇万円なら三三万円以上です。でも住宅ローンの金利は二〇万円にもならない。それなら、生命保険に入るのを辞めて二〇〇〇万円は手元においておき、住宅ローンを払っていくのはどうですか。これって生命保険の万が一の時にもらえるお金が手元にあるのと同じでしょう」
夫「なるほど」
私「もちろん虎の子のお金ですから、住宅ローンが終わるまでどんどん使ってしまうというようなことはしないでください。それから、万が一変動の金利が大きく上がったりしたら、その時は繰上げ返済してください。退職後のご主人のお給料がいくらになるのかわかりませんが、その中から毎月一万三八〇〇円払うよりは」

妻「住宅ローンについている保険を最大限に活用するってことですね」
私「そういうことです」
夫「そうすれば試算では、払わなくていい生命保険料と住宅ローンの差額、毎年一三万円くらい得しますね」
私「そういうことです。一〇年で一三〇万円。こういう知恵を使って確実にお金を増やしてください」

手元にはお金を残し、要らない保険には入らない。世の中の流れは住宅ローンの繰上げ返済は得する、と定型的に言われます。それは自分にも当てはまるのか？　思考を停止させてしまってはいけません。もっと、じっくり考えていただきたいのです。お金を増やす方法は思わぬところに隠れている。それを上手く掘り出すことが大切なのです。

賢く買い物をする。支払いは現金払いをやめてクレジットカード払いで、一・五パーセント程度の還元をもらう。電気料金やガス、電話などは契約会社とその方法で大きく光熱費を削減できます。所得税や住民税を払っている方なら、イデコやふるさと納税などで節税できたり、お礼品などで食費などを減らせます。それらは、すべて手元に確実に現金として残っていく術になるのです。シニアになって一山当てようと欲まみれの金儲けのために貴重な時間を使わない。手元の資産をあまりリスクにさらさない。むしろ堅実、地道に確実にお金を増やしていく。ノーリスク、ローリターン、いやゼロリスク、ミドルリターンを狙っていただきたいと思うのです。

2　しあわせとお金の程よい距離を測る

しあわせになるためにお金を使う。実はこれがむずかしいのです。

多くのマネー本や経済ジャーナリスト、ファイナンシャルプランナーの人たちは、こう言います。「株式や外貨預金などリスク商品は余裕資金でやりなさい」。

余裕資金とはなくなっても困らないお金です。そんなお金を持ってる人は日本の人口の一パーセントほど、数億円の金融資産（不動産は入りません）を所有する人々です。ところが、自分も余裕資金がある部類と思ったのか、五〇〇万円から二、三〇〇〇万円くらいの金融資産を持ってる人も手をだしてしまう。危ないです。預金通帳をみてニヤニヤして、この一〇〇〇万円はすぐに使う必要がないから余裕資金だと決めつけてしまう。それはきっと、何十年もかけて苦労して作ったお金です。簡単に使ったりしないでしょう。しかし、それが余裕資金と言えるでしょうか。冗談じゃない。公的年金だけでは足りないと言われるシニア時代を支える、守らなくてはいけない虎の子のお金です。それを余裕資金だと勘違いして、二〇〇万や三〇〇万くらいならまあいいだろう。なくなってもそれほど困らないだろうと安易にリスク性のあるものに投資をしてしまう。

こうして多くの人が、なんとか少しでももっとお金がほしい。増やそう、増やそうともがく。まあ、私がやめておきなさいと言っても、する人はする。それは個人の自由です。ただ、どうしようか？　と悩んでおられるのなら、少なくとも少しお待ちなさい。立ち止まって考えてほしいと思うのです。私たちが生きていく上で必要なお金のことをもっと大切に考えてみてほしいです。

ここまで何度か言ってきましたが、最初に考えていただきたいのが、お金をもっと増やそうとするよりも、お金をもっと大切に使う努力をしてみることなのです。

ひと言で言うと、出ていくお金を考える。こう言うと財布の紐を締めろというわけか。もっと節約、いやもっとケチになれって言うことですかね？　と訝《いぶか》る人がいます。

たとえば、電気をこまめに消して電気代を節約する。一円でも安いものを求めてスーパーを何店も梯子する。休日のレジャーはお金のかからない無料スポットに行くだけにする。洋服はバーゲン以外では決して買わない。床屋さんや美容院は高いから一〇〇〇円カットの店で済ます。本は買わずに図書館を利用する。

そんなことをすすめているわけではありません。

考えてほしいのは、あなたは、苦労して手に入れた大切なお金を、しあわせになるために使っているか、と言うことなのです。お金を使ってどれだけの幸福感をどれだけ味わえていますか。そこにこだわってほしいのです。

ああ、美味しい料理だ。ああ、素敵な服だ。ああ、素晴らしいライブだ。すべてあなたをしあわせにしてくれます。

人間ドックで健康体と診断された。もしくは、危ない病気を早期に発見できた。どちらも、あなたをしあわせにしてくれます。

しあわせにするお金というのは他人に対して使うときもあるかもしれません。

親のいない子どもの学費を援助する、紛争地の国の子どもたちに食料、予防接種のための寄付をする。もしくは、もっと身近で、年末にいつも行っている美容室で働く若者に少しお年玉を包んで渡す。仲のいいご近所に旅先で見つけた美味しいものをおすそわけのお土産として買って渡す。これらは周りの人をしあわせにします。笑顔にします。するとなぜか自分もしあわせを感じるものです。

ふん、ちょっと宗教ぽくなってきたぞ、金にまつわる新興宗教？　そんなふうに思わないでください。私の見立てでは、どうも多くの人がしあわせになるためにお金を使っていない。もっというと、しあわせになること以外に使っている。いや無駄遣いも多い。それをやめることができれば、手元に残るお金、使えるお金は自然と増える。ケチしてお金をコツコツ増やすためにギスギスした生活をしましょうというのではなく、無駄なもの、しあわせにならないお金を使うのをやめましょうというだけです。

もう少しいうと、しあわせだと錯覚しているだけのもの、ニセのしあわせにお金を使っていると、気がついてほしいのです。

スーパーのレジでは買い物カゴに選んだ商品のバーコードが読み取られていきます。そして、代金を払って商品を持ち帰るために袋に詰めている時にふと思うことがあります。何に対してお金を払ったのだろうか？　と。もちろん、牛乳やヨーグルト、野菜、肉やタマゴ、惣菜、洗剤やシャンプー。つまり、食料品と日用品に対してお金を払ったわけです。しかし、そのもうひとつ、いやもうふたつ先まで、私たちはお金を払っているように思えてならないのです。惣菜を例にしてみましょう。たとえばお弁当。ご飯、鮭の切り身を焼いたもの、コロッケなどの揚げ物、ひじきの煮付けや漬物なども少し付いています。誰もが、もし自分で料理すればもっと安く作れることを知っています。魚やコメ、野菜などが調理されて容器に盛り付けられる、いわゆる付加価値というものが乗っかっている金額が弁当の価格です。誰もがそれに納得して弁当を買うわけです。そして、みなさんこう言われます。調理する手間や時間、プロの味付けの技術に対して払っているのだ、と。さらに、自宅で調理すれば出てしまう箸や食器、フライパンなどの洗い物の手間や時間も省けます。弁当を買うことは決して食材料だけに対価を払っているのではないのです。

洋服はどうでしょう。冬の寒さから守るため、裸で街を歩くことはできないからという理由だけだったら、それほど衣類にお金をかける必要はありません。清潔で着心地よい衣類というだけで洋服を買う人も少ないものです。つまり、洋服を買うということは、洋服に対してだけお金を払っているのではありません。喪服などの正装、会社に着ていくスーツ、女子会や同窓会のために一張羅を買うのは、洋服というよりも、人との付き合い、社会の慣習やルールのなかで生きていくために支払うものだったりします。もちろん、おしゃれをしたいという自己表現のために払う部分もあるでしょう。

スマホを買うのでさえ、スマホがただほしいからではありません。電車やバスの中、街を歩きながらスマホをやっている人を見れば分かるように、SNSで誰かと常に繋がっていたい、ゲームをしていたい、テレビ番組などのエンタメを見たいからでしょう。他にも必要な時にすぐ情報をとったり、電話で連絡を取るためです。そういうことに対してお金を払っているわけで、スマホというハードを持ちたいからではないのです。

もっというと、コメや野菜、肉などの食品はなんのために買うのでしょうか？　栄養を摂取し食べていないと私たちは生きていけないから、ということもあるでしょう。しかし、私たちのスーパーでの商品の選び方は微妙です。たとえば同じにんにくでも、中国産のものより国産の方が安全だと思って値段が何倍も違う国産品を選ぶ人がいます。肉を選ぶ傾向も最近は変わってきて、かつての霜降り高級和牛から、鶏肉や赤身の肉を選ぶ人が増えてきました。こういうことは単に食品に対してお金を払っているわけではなく、国内産であることの安心感や健康を維持するためだったりします。

アルコールを自宅で呑む場合と駅前のカウンターバーで呑む場合はどうでしょう。一流のバーテンさんのジントニックはその技術が反映され、何ともいえない絶妙の着地点をグラスの中に見いだすこともあります。しかし、それは例外で、どの店でもお馴染みの洋酒をストレートで飲む場合や流行りのハイボールなどは、二〇歳前後のアルバイトの青年がマニュアルを見ながらウィスキーと炭酸の割合を調整し氷を入れて出してくれるだけです。それでも美味しいものです。飲みものに対してだけお金を払っているわけではないのです。多くの人がそれは場所代だと言いますが、そんな単純なものでしょうか。

もう少しだけ深掘りして考えてみてみましょう。通常のレストランでの食材原価は三割程度、ビールなどのアルコールでも四割弱と言われます。人件費などを考慮したとしても、自分でボトルからグラスに注ぐのと比べると二倍以上の価格です。場所代と言うのなら、絵画や掛け軸、置物などが置かれている高級フレンチや京都などの老舗の店、高層ビルの窓からの絶景が見える店など、そんな特別な空間であるはずです。それなら場所代を払っても納得できますし、そういう店では席料やサービス料がさらに加算されたりもします。しかし、そんな特別な店はごくわずかです。

都会にある普通の喫茶店や洋食店、居酒屋には、見事な美術品や絶景はありません。それでも、多くの人は場所代と言います。そこでのテーブルやいすは頑丈ではあるものの、格段に座り心地がいいわけでもありません。家にあるもののほうがいい家具だったりする。使われる食器やフォークなどのカトラリー、箸なども同様で、自宅の方がたいていはいいものです。それなのに、人々はどうして場所代を払うのでしょうか。

久々の友人との再会や、付き合い始めた恋人とのデートで、会社の人との会食で、私たちは外食をします。家族でゆっくり週末を過ごす場合もあるでしょう。食事や飲み物、場所代だけではなく、会食によって心地よくしあわせな時間を過ごすからなのです。

私の友人にドリームズ・カム・トゥルーを心から愛している人がいて、彼らの音楽を聴いているとしあわせになり、家族のために辛い仕事も頑張れるといいます。年に一度ほど、彼らのライブに出かけて、二時間あまりの時間、心から酔いしれ元気をもらっています。とてもいいお金の使い方です。

いっぽうで観劇というかミュージカルが大好きな中年の女性がいて、有名なミュージカルの二ヶ月の興行のたびに二〇枚以上もチケットを買い休日だけでなく仕事が終わったあとも頻繁に出かけます。今はやりの2・5次元ミュージカルのお目当ての役者さんの活躍を見るために毎日のように通う知人もいます。「なんでそんなに同じものに通いつめるのか」と質問すると、それが生きがいなのだ、劇場で観劇している間だけがしあわせなのだといいます。その気持ちはよく分かるのですが、私にはしあわせになるためというよりも現実から逃げるためにお金を使っているように見えて仕方がありません。日々の生活をしあわせにするためのものというより、現実逃避（＝現実を忘れるため）のための支出、ストレス発散とか癒しのためのお金のように感じられるのです。

暴飲暴食も同じです。お酒も適量であれば、しあわせになりますが、毎日あおるように飲酒する人の多くは現実逃避、ストレス発散のためであってしあわせになるためとは言えません。イライラして食べ物に走るのも同様です。

ギャンブルも同じです。ギャンブル特有の高揚感がたまらなくてやっている人も、仕事や生活で大きなストレスがかかる時に、それから逃れようと深みにはまってしまうことがあります。そして、大きな経済的損失を抱え、生活や仕事だけでなく、人間関係さえめちゃくちゃになってしまうことがあるのです。

女性に多いのが買い物でのストレス発散です。いつもならきちんと吟味して買い物をする人もイライラしてあまり考えずに買ってしまう。特に危険なのがバーゲン会場、夜の通販番組、ネットショッピングです。夢から覚めると、大して要らないものと請求書が残っている。そして、安く買ったつもりが高い買い物だったと気づくのです。

これらストレス発散や現実逃避にいくらお金を注ぎ込んでもしあわせになれません。しかし、私たちは驚くほどそれらのためにお金を使っているものです。まあ、長い人生の中で時には必要なこともあるでしょう。でも、できれば、それ以外の方法を見つけた方がいい。しばらくは現実から一歩身を引いて休むこともいいと思います。スポーツをしたり、散歩をしたり、絵を描いたり、読書するのもいいでしょう。その方法は人それぞれです。ストレスをうまくコントロールしたり、発散させるすべを持っていることはいいことです。できることならお財布に優しく、健康的な方法でありたいもの。現代に生きる私たちにとってとても大切な生き抜く技術なのです。

使わないものにお金を使いすぎていませんか?

使わないものにお金を使いすぎていませんか?

使わないものにお金を使うことはぜひ避けたいことです。その代表的なものがセールや値引きで安いからと買ってしまう食料品です。それらは、すぐには必要ないからと、冷蔵庫の奥や食品を保管する棚にしまわれます。ほしいと思って買ったものというよりも安いから買ったものなので、注意していないと買ったことさえ忘れてしまい、気がついた時には古くなっていたり腐っていたりします。

バーゲンセールでなぜかサイズ違いの洋服でも買おうとする人がいる。痩せたら着ようというのです。そんなことでダイエットに成功した人はどれだけいるのでしょうか。海外旅行先では、中国のチャイナドレスやインドのサリーなどの洋服も記念になるし安いからと買う人がいる。何十年も生きてきましたが、そういう服を日本に帰ってきて着ている人に出会ったことがありません。このような変テコな理由で買う服は、大抵は、洋服ダンスにかけられたままで終わり処分されます。

本や雑誌やＣＤをひとつは今すぐ読んで聴くためのもの、もう一つは保存用などと言って買う人。お金持ちになると、年に一度使うか使わないかの別荘やヨット、車を買ったりする人もいる。庶民でも通わないスポーツクラブの会費、使いきれない割引の回数券は無駄なものです。一九八〇年代初めまでは洋酒が高かったからか、書棚に飾るためだけの高級洋酒や百科事典、文学全集もありました。割ると怖いからと使わないヘレンドやボヘミアングラスなどの器や皿もそれに当たるでしょう。ほとんど使えない生命保険などの保険商品も、使われていない自宅の部屋も同じです。私たちはどうして、これほど使わないものにお金を払うのでしょうか？　使わないものにお金を出すことは、きつい表現ですがゴミにお金を払ったのと同じです。

また男性に多いコレクション系の趣味はどうでしょう。集めるのが趣味なので無尽蔵にお金がかかります。そして、大抵は飾るだけ。決して使わない。時にはコレクションが日焼けするといやだからと買ったものを箱に入れたままクローゼットの中にしまう場合もあります。こうなると目にすることもほとんどないわけで、ああ、俺は持ってる！　持ってるんだ！　と心の中で思うだけで満足する趣味です。男子は幼い頃から、食べもしないお菓子のおまけ、ジャケットが違うだけの中身が同じCDなど集めることが大好きだったりします。所有することが目的のコレクション系の趣味は道楽なのかもしれませんが、私に言わせると困った趣味だと思います。かつてよく共演したやくみつるさんのように、有名人の使った紙コップや、旅行先のトイレットペーパーの包み紙のようなものの収集であれば、お金もかからないし、笑えるのでコレクションをするのにいいのかもしれませんが、これも悪い方向に行くとご近所迷惑のゴミ屋敷系になっていく可能性も否定できません。

集める趣味は所有欲を満足させるのが目的です。それは、お金を払って手に入れた時に最高潮に達します。お金を払うときが満足の最高潮なんてのは、やっぱり道楽であって、それこそ老後のお金の心配などはまったくないほどの資産家がやるべきものです。あなたがコレクション系の趣味を持っていて周りの家族が呆れているのなら考え直した方がいいでしょう。俺は好きでしあわせなんだからいいなどという理屈は今すぐ捨てた方がいい。趣味のために浪費して家族との関係が悪くなるようでしたら、あなたはふしあわせになるためにお金を使っているのかもしれないのです。

あなたをしあわせにするお金の使い方とはどういうことでしょう？

ぜひ、なんのために私はお金を使うのか？　ということを見つめていただきたいのです。そこに、それぞれのしあわせが見えてくることもあるからです。

僕が特上のにぎり寿司を食べられない理由

平成が、昭和や大正、明治と比べてひとつ特筆されることがあるとすると、それは一度も日本が戦争の惨禍を起こさなかったばかりか巻き込まれもしなかったことだと思います。戦争がまったくなかった時代。それが平成だったと一〇〇年後の日本人は言うのではないでしょうか。

昭和には太平洋戦争があり、死なずに済んだ三〇〇万人もの国民が犠牲になりました。明治時代には日清、日露戦争があり、短い大正時代にも第一次世界大戦があり、日本も出兵しました。そして、戦争で多くの若者が戦死しました。私は平和な時代に生きていることに心から感謝しています。

ですが、世界各地では二一世紀になっても戦争や紛争の悲劇は続いています。そして、多くの市民が巻き込まれています。

戦争は一部の人を除いて、多くの国民の財産を大きく損ないます。築き上げた財産を命を守るために捨てて着の身着のままで生き延びる選択を迫られる。この半世紀をみても、アジアではそういう苦難な時代を経験した国が山ほどあります。そして、そういう国は概して今も国民の生活レベルは他国から大きく遅れてしまうのです。

私の両親は昭和一ケタ生まれ。母は同時多発テロを生中継するテレビ番組でワールドトレードセンターが崩れ落ちるのを見て、不安そうに呟きました。「また戦争が起きるのかしら?」。二一世紀になったばかりの世の中の流れを心配したその半年後、二〇〇二年の五月二日、憲法記念日の前日に病院で亡くなりました。まだ六九歳でした。

母は太平洋戦争中はソウルで過ごし、日本に引き揚げてきました。九州からの列車で原爆を落とされたあとの広島を通過したときの驚きを折に触れて話してくれました。「本当に何にもなかったの」と。戦争中に医師だった父親が亡くなってしまい、また詐欺のようなことにもあって母や祖母の経済環境は大きく変わりました。貧しい生活を強いられたといいます。

終戦時にまだ一二歳だった母は、高校を卒業して東京に出て来て劇団俳優座の養成所に通いました。食べていくためアメリカの軍人の家で手伝いをしたこともあったようです。きっとそこで豊かな生活を垣間みたのでしょう。母が若い頃に憧れたアメリカ流の生活スタイルのいくつかが僕の幼い頃の毎日にはありました。母は夜遅くまで内職をしてピアノを買ってくれました。子どもたちをヤマハの音楽教室に通わせただけでなく、三五歳を過ぎてから自らもピアノやギターを習い、アメリカ軍人の手伝い先からもらったピアノの楽譜にある簡単な曲をいくつか弾いていました。きっと、その家庭の奥さんが弾いた曲だったのだと思います。優しくしてもらったのでしょう。ジュディという人の写真が幼い頃は家に飾られていました。

若い頃の母は食べるものにも困った時に、たびたび病院に売血にいったそうです。血を売ってお金に替える。ただ栄養が足りないからか、買ってもらえない時もあったそうです。そんな辛い日々でしたが、まだ若かった。頑張れた。そして、思ったそうです。

「病院に行って、待合室に座っている人を見ると思うの。何よりも今は平和だし、自分は健康だから感謝しなくちゃいけないって。そうして辛い日々を耐えられたの」

時おり用事がなかった時にも、とても辛くなったら病院の待合室のベンチに座って時間を過ごし自分にそう言い聞かせたそうです。

戦後の母をもっともポジティブに支えてくれたのは、ラジオなどから流れてくる音楽だったようです。お金持ちの家の中からクラシックの音楽が流れてくると、窓の外でじっと立ち止まって聞いたそうです。それが、僕が育った音楽の流れる家庭につながり、ピアノになっていくわけです。

母は、山ほどの内職をして、子どもたちには不自由のない生活を送らせてくれました。ただ内職の時に強い圧力を無理やり指にかけ続けたためなのか、リウマチなのか分かりませんが両手の指がすべて五〇代の頃には変形してました。さらに、きちんとした食事もしなかったからでしょう。六〇歳前にほとんどの歯が入れ歯になってしまいました。若い頃にハミガキの広告のモデルをしたとのことですから、相当ショックだったようです。高血圧で倒れることがあって、僕は母に言いました。無理をしてきたのだから、健康には気をつけてほしいと。それは繰り返し頼みましたが、健康診断に一度も行くことがなかったのです。

僕は就職してから、年に何回か、外国からやってくるオペラや、よさそうな演目がかかった時の歌舞伎座に連れて行き、日比谷の帝国ホテルでランチなどをごちそうしました。パリでアクセサリーや洋服を買ってくれば喜んでくれましたが、母は自分で何か自分の楽しみのために財布を開くことはほとんどなかった。子どもたちのためにと死ぬまで質素倹約に勤しんだのです。

晩年の父はひとり、生まれた長岡で過ごしました。二〇〇九年二月。寒い冬の日、二回目のワールドベースボールクラシックの直前に死にました。寒い新潟の冬なのに、広い部屋に小さなストーブひとつしかつけていませんでした。節約のつもりだったのでしょうが、それが命を落とす原因になりました。父は熱烈な巨人ファンでしたから、三月が来るのをとても楽しみにしていたと思います。あとひと月もすれば、原監督率いる日本代表・侍ジャパンの活躍をテレビにかじりついて見たと思うのです。七七歳でした。

父は新潟県長岡の弁護士の家に生まれました。優秀で東京外国語大学の英米語学科を出ています。学生時代の集合写真に書き込まれた父のあだ名は「辞書」。僕が慶應に入ると語学の教授に何人も父の同級生がいました。ただ、人間関係を作るのが苦手で家族を含めてほとんど誰とも心を交わすことができなかったのです。だから、会社員としても上手く行かなかった。趣味はサイクリングで週末はひとり安い自転車で近県まで遠乗りしてました。もうひとつは、神保町で安い古本を買って来ること。ただ、買うだけでほとんど読んでいなかったと思います。いつか読もうと買うのですが、書棚に並べるだけで読まずに人生を終えました。買ったけれどもそのまま廃棄となったわけです。

父は出世もしなかったので高収入だったわけではありませんが、このように二人とも質素な生活だったので、死んだ時には財産を残してくれました。僕は自分で十分稼げるようになっていたので、学者肌の妹にほとんど譲りました。

父が死んだ頃に、質素なアパートにひとり亡くなった独居老人のことをテレビが報道していました。通帳に三〇〇〇万円も残して死んだけれども、遺産を渡す人がいなくて国庫に行くことになりそうだというニュースでした。それが父の人生の終わりと重なって仕方がありませんでした。

老後の不安をまとまった貯蓄があることで安心感を持つ人は少なくありません。また、四〇代も半ばを過ぎる頃から、老後の不安を感じて生活をダウンサイジングして質素節約にして、少しでも老後のためにお金を残しておこうとする人も多いです。

人それぞれの人生だから私はそれを否定することはしません。

しかし、私は両親に言いたいのです。遺産などいらなかったから、若い頃に苦労をしたのだから、もっとお金も使って人生を楽しんでもらいたかったと。人に両親のことを聞かれたときに、もうこの世にいないけれど、彼らは楽しく人生を過ごしたんだと、私は胸を張って言いたかったのです。若い頃は戦争のために、成人してからは子どもを育てるために、辛い人生を過ごしたというのでは、残された子どもとして身の置きどころがありません。

そんな辛い思いを引き継ぐ必要などないのです。

両親はそれ相応の資産ができたあとも質素すぎました。若い頃に質素な生活ばかりしていると、それに慣れてしまってもう変えることができなかったのでしょう。

お金を使って人生を楽しむことを、贅沢だ、分不相応だと、なぜか罪悪感を抱く人もいるようです。苦労して得たお金を使うことは案外むずかしいものなのでしょう。しかし、老後を笑顔で暮らすためにも、若い頃も中年の時もそれぞれの人生の時を彩る楽しいことを綴っていくことは必要ではないでしょうか。


僕は今でも特上の寿司が食べられません。いや、注文できない。たいていは一番安い梅、並のにぎり寿司を頼みます。そして、ひとつかふたつ、お好みを注文する。本当は大トロもウニも大好きです。

ある程度の資産ができても、私の両親は質素で倹約家でした。にぎり寿司が大好きでしたので、時おり、家の近くのお寿司屋さんから出前を取ることがありました。来客があった時には、松竹梅の真ん中の竹を取ってましたが、家族だけで食べる時には並寿司の梅しか食べたことがありません。店に行って食べる時にも同じです。タコやタマゴから食べて、鉄火巻きやまぐろを最後まで大切に残してほおばっていました。

成人して親を誘い、寿司屋さんで上寿司を頼んだこともあります。いつもの寿司とは違うからでしょうか、楽しく食べられなかったみたいです。職人さんが握る寿司なら並で十分。平和で家族揃って食べられればそれでしあわせだと思っていたのでしょう。気軽な並のにぎり寿司を食べている時が一番しあわせそうでした。

そんな親との思いが染み付いているからか、僕は今も安い並のにぎり寿司しか注文できないのです。もちろん、高い寿司を食べることもあります。でも、食べている時に親のことを思い出して、何か後ろめたい気分になってしまうのです。親が時には奮発して、特上のにぎりを食べていてくれれば、僕も気持ちよく注文できるのにと思うのです。

人生一〇〇年時代と言われる時代になりましたが、みんなが長生きするわけではありません。若くして亡くなることもある。子どもに財産を残そうとする前に、もっと別のものを残してほしい。それは両親の思い切りの笑顔の記憶です。子どもに自分の親は人生を思う存分に謳歌した。本当にしあわせな人だったと言ってもらう人生の姿を残すことです。もっと自分の人生を大切にしてほしいと思うのです。

「おすそわけ」は周りも自分もしあわせにする

テレビのバラエティ番組の定番のひとつに「お金持ち」の豪邸訪問があります。

タレントから事業家などさまざまなお金持ちの邸宅を尋ね、リポーターが取り上げる。

ある番組では美容業界で成功した社長の家を紹介していました。タレントのリポーターは広いリビングにかかる現代絵画を指差して「何か、高そうな絵ですね」と質問します。

ニューヨークの著名な現代画家マーク・コスタビの「油絵」が映っていました。実は私もこのアーチストの「版画」なら一枚持っているので、すぐにピンときたのです。

美術番組ではないですが、誰が描いた作品なのかとか、この絵のどこが気に入って買ったのかとか、作品そのものについて触れたり、尋ねたりすることは一切なく、お決まりの質問をしてました。

「いくらだったんですか？」

下品な質問です。けれども、視聴者の興味も実はそこにあるものです。

質問された社長さんも、「一〇〇〇万円だったかな、安いもんですよ。私、金持ちなんで」と言いたげな顔をしながら、一〇〇〇万を別な表現に置き換えます。たとえば、「ちょっとしたベンツが買えるくらいかな」とほんの少しだけぼやかしてみせるのです。ただし、表情は俺、大金持ちなんで、でへへ、というままです。

リポーターはその金額にわざとらしく大げさに驚いてみせます。

「すごいですね！」

絵画だけでなく、置いてある家具や、使っているティーカップ、着ている洋服やもちろん宝石など、とにかく高そうなものの値段をつぎつぎと質問します。

そういう人に対して、多くの視聴者は羨望のまなざしでテレビの画面を見るわけです。そして、思います。「この人はいったいお金をいくら持っているのかな？」。

年齢を重ねた視聴者は、すごいなと思いながらも、下品だ、成金趣味だ、金の使い方を知らないなどとも思います。半分が本音で、半分は嫉妬です。

誰でもお金があることは羨ましい。しかし、この人は金を稼ぐ事に成功しただけであることも年齢を重ねると分かって来るものです。

私などは、この人はお金を数えきれないくらい手にいれることはできたけれども、はたして同じくらいしあわせは手にしているのかなと思ってしまう。

むしろ、お金を稼ぐ事に一生懸命になって、昔は持っていたしあわせなものを捨ててしまったのではないかと思うくらいです。そして、画面からそうした金満人が言わないマイナス部分を探し出そうとします。私もやっぱり羨んでいるのかもしれませんね。

この番組では個人的な資産を築く事に成功した社長とその会社で働く若者の生活を対比していました。この社長はこれほど豪華な生活をするのは会社の従業員の目標になるためだとも言い放ちました。すごい理屈です。なぜなら、若い美容師の生活はとても厳しいのが一般的です。食費にも困ることが多い。だから、その会社で働く従業員に、月にあと一万円、いや五〇〇〇円でも給料を上げてやれば、どれほど感謝されるだろうにと思いました。何で映画「男はつらいよ」のタコ社長のように、従業員の給料を払うために必死に働く社長になれないのかと思ってしまうのです。

美味しいお米を丁寧に炊いたごはんは、どんな日本人をもしあわせにします。しかし、私などはおかわりをすることはあってもそれ以上は要らない。山ほど炊いてもらってもムダにするだけです。美味しいからといって、食べきれないほどほしいとは誰も思いません。

先日ふるさと納税の返礼品が届きました。高級な国産の豚肉四キロです。届いた肉の量を見てびっくりした。これは食べきれない。冷凍にしておくにしてもムダにしてしまう。日本の畜産農家が汗水垂らして作ってくれた、そして、命あった肉もムダにしてしまう。

そこで若い放送人でフリーランスのため収入が不安定で子どもを授かったばかりの知り合いと、小さな事業を立ち上げたばかりの長岡出身の青年、いつも笑顔のトレーナーの三人に連絡を取りました。

うまい豚肉一キロもらってくれないか？

「すごく助かります」「月末まであと三〇〇〇円しかなくて、どうしのごうか悩んでいたんですよ」「肉ならいくらでも食いたいです。またいつでも言ってください」

そんなふうに言ってもらって、数時間で必要な人のところにうまく収まりました。そして、三人から、「ありがとう」、と言ってもらって、私はとてもしあわせな気分になりました。

そして、ああ、自分はおすそわけでしあわせになったんだと思い出したのです。

子どもの頃の食卓には、よくご近所からのおすそわけのおかずがのっていたものです。多く作っても少しでも手間は同じ。自分の家で食べきれない分をちょっとした器に入れて、お隣に持って行く。お隣からももらう。

勝手口から「お口に合うかしら」などと言って持って来るものが抜群に美味しい。そして、料理のコツをお互いに聞き合ったりしている。そのまま長話をする女性たち。そんな光景が街の至るところで見られたものです。時には悩みを打ち明けることもあったでしょう。こうして、お互いが少ししあわせになり、ご近所の絆ができて行ったものです。

おかずだけでなく、古着、家具、器、いろんなものが大切にお隣に流れていきました。食べ物だけでなく、いろんなものをいい頃合いにご近所同士渡し合っていました。それが、美徳だと思われたのです。

ところが、そういう時代は終わったのです。とくに二一世紀になる少し前から世界を席巻しているグローバリズム経済の洗礼を私たちの日本社会も受けて、もっとお金がほしい、もっとお金があったらいいのに、と多くの人が思うようになってきました。お金に対する無尽蔵の欲望をもつことがしあわせなのだ、もっているお金、つまり資産に比例して、幸福も増していくと思う人たちがあまりにも増えてしまいました。

お金に対する無尽蔵の欲望。それは、心がお金に奪われていることを意味します。気持ちがお金に縛られているといってもいい。私たち日本人の本来の美徳はそこにはないはずです。少なすぎては困りますが多すぎても持て余す。ちょうどいい頃合いがいいのだと、ときに遠慮もする。欲望をコントロールする。それを良しとしてきた社会なはずです。それは、モノだけでなくお金に対しても同じだったはずです。もちろんかつても金に対する欲望に歯止めがない人もいました。しかし、我々は、そういう人を守銭奴といって蔑んでいたものです。大金持ちの人は、この文章を読んで、けっ、貧乏人が負け犬の遠吠えだと言うのかもしれません。

それでも私は、お金とはいい距離感が必要だと思うのです。それを意識していないと、もっと金がほしいという欲望に私たちの心はすぐに絡めとられてしまいます。

あのバラエティ番組で見たお金持ちに対しても、私は羨ましいという思いと、何かこういうのは嫌だなという二律背反する気持ちが生まれたのをはっきり意識したのです。

土曜日の朝。電車の中でのちょっとしたコト

こんなことがありました。

土曜の朝の通勤電車は平日に比べれば空いています。ある週末のことスーツ姿の二〇代前半の若者が優先席に座って寝ていました。頭を座席の後ろの窓に預け半開きの口で爆睡していて、私は思わず笑ってしまいました。若いのだ。明日も出勤とは思いつつ金曜日の夜に少し羽目を外して遊んだかなと思いました。いや、今は多くの会社がブラック企業化しているから、金曜の夜半まで働いた上に週末も早朝から出勤なのかもしれないな、とも想像しました。いずれにせよ少しでも寝たいと座席に座ったんだろう。自分が若いころにも朝の通勤電車で吊り革につかまったままでよく眠ったことを思い出していました。

ある駅で見るからに七〇歳過ぎの男性が入ってきました。こちらは格好からきっと日帰りのハイキングか山登りに行くのでしょう。軽装だが背負ったリュックには水筒が収まり

靴もしっかりしていて帽子もなかなかおしゃれです。元気でいいなと思っていたら、その男性が急に大声で若者に怒鳴ったのです。「ここは優先席だ、どけ」と言う。電車内の空気は一瞬にして変わってしまいました。スマホをする人も指の動きが止まり様子を探っています。そして、枕木を越えていく車輪の音だけが妙に響くのです。しかし、その張り詰めた嫌な空気は若者の「すいません」の声で一瞬にして終わりました。大声にびっくりした若者が目を覚ましすぐに立ち上がって詫びたのです。席を譲ってもらったことに対する謝礼の言葉もなく、老人は座り、その後も若者を睨みつけブツブツと文句を言っていました。一〇分ほどで電車はターミナル駅に着き老人も若者もちょっとした事件を目撃した他の乗客も東京の喧騒の中に紛れていきました。でも、私の心には何か嫌だなという気持ちが残ったのです。

老人は元気でこれから遊びに行く。若者は仕事のためか、前夜の遊びのためかわからないが、疲労で少しでも睡眠を取りたいと空いてる座席に座った。優先席は老人が座る権利があります。そりゃそうです。だからと言って、あの態度はないだろう、そう私は思いました。だいたい優先席の趣旨は、立っているのが辛い、障害者、妊婦、老人などに座ってもらおうというものです。ですが、この老人は、これから遊びに行くのです。元気なのです。権利はあっても座る必要があるようには見えません。私の嫌だなという思いは、老人のその青年に対する想像力の欠如、優しさや人としての度量のなさ。そんなものを朝から見せつけられたからなのです。

老人が若者から優先席を奪った後に言ってたブツブツの中から漏れ聞こえてきた言葉に「今の若い奴らは老人に対する敬愛の気持ちがない」といったことが混ざっていました。

自らに対する周りの扱いに不満を持つシニアは多いと思います。電車の中で怒った男性はきっといつもそんなことを思いながら生きているのではないのでしょうか。もし、いつも周りの人から愛され大切にされているのなら、座れないくらいで急に電車の中で不満を爆発させたりしないはずです。いつも不愉快な気持ちで溢れそうになっているから、ちょっとしたことで怒りが沸点に到達してしまうのでしょう。

敬老の精神はどこに行った、もっと老人は大切に扱われるべきなのにと、毎日が不満なのです。ひとりでいると反論する人もいないから不満や不平はいくらでも出てくる。出てきたものは発散されず自らの肉体と精神に溜まっていく。それらは自然と顔に出るものです。雰囲気ににじみ出ます。その形相は自らが思い描いたしあわせなシニアライフからはほど遠いと告白しているようです。苦悩に満ち、もがいている感じなのです。

街に出てシニアの人々の顔を眺めてみてください。そんな風貌の老人を見かけるはずです。特に男性に多い。私は極力そういう人を避けています。近寄らない、関わらないのが一番だと思っているからです。面倒に巻き込まれたくない。そして、そういう老人にはなりたくないと思います。なぜなら、しあわせそうでないからです。

もちろん大切にされてる老人もいます。おばあさんが杖をつきながら、付きそう人に申し訳ない、ありがとうと笑顔で繰り返し言うのを見たことがあります。この人は敬愛がないなどと不平も言わないでしょう。それどころか、自分を世話する人だけでなく、エレベーターの乗り降りのときに、人よりも少し遅い自分の振る舞いにすいませんと一言つけて、周りの人に伝えるのです。温厚で、しあわせそうです。

老人だから遅いのが当たり前という態度ではありません。もちろん周りの人は嫌な気分はしないものです。むしろこの人のために何かできないかとさえ思うのです。この人なら電車やバスの中でも、きっと座席を譲ってもらえるでしょう。

自然と周りの人から大切にされる老人。私はそうなりたいのです。

老人だから大切にされるのではない。敬愛される人間だから大切にされる。そこを忘れてはならないのではないでしょうか。愛される人、尊敬される人として老いを迎えればシェイクスピアのリア王のように孤独の中に死んでいくことはないはずなのです。

では、敬愛されるために必要なことはなんでしょう。端的にいうと他者を大切にすること、配慮すること、愛情を注ぐことだと思います。人は誰でも自分に親切な人を大切にするものだからです。

もちろん気持ちが通じないことはあります。長く人生を歩んでくると、人を愛することの虚しさを経験しています。好きで大切にしたのに、相手は振り向いてもくれなかった、そんな経験を誰もがしているでしょう。別に恋愛の対象だけではありません。自分以外の人に優しさや愛情を注いで、その半分も戻ってこないと思ってしまうと、だんだん他者への振る舞いが形だけのものになってしまいます。通りすがりの他人との間なら最小限。時には何も気を使わない。多くの人が世の中のルールが許すギリギリのラインで行動するようになってきました。さらに、知り合いや友人などで付き合いのある人とも、世の中の常識や平均で行動しようとする。まるで他人に気を使うこと、愛情を注ぐことなど勿体ないとでも思っているかのようです。

そして、周りの人すべてではなく、あなたが愛したり、好意を抱いた人だけに、あなたは気を遣ったり愛情を注いだりしていませんか？　それではいけないのです。それは、とどのつまり自分のためにしていることになるからです。

一方で、あなたに対して好意を抱いた人に、あなたはどのように接してきましたか？　あなたに好意を示す人が必要以上のことをしてくれ、あなたとの距離を縮めようとすると、面倒だな、嫌だなと思わなかったでしょうか。時には、その好意を利用したかもしれません。そして最後は梯子を外したかもしれない。人間誰でも自分に対して好意を示してくれたり、親切にしてくれた人の気持ちを避けたり、ないがしろにしたことはきっとあるはずなのです。

AI時代がやってきても、きっと私たちは人間関係に喜び、悩みながら毎日を生活していくでしょう。家族や友人といった身近な人から、趣味のクラブやサークルのメンバー、ご近所さん、馴染みの寿司屋の店員、スーパーのレジの人、美容院のスタッフ、医者や介護でお世話になる人。周りの人すべてと気持ちよく接することができれば、そういう人間関係で嫌な思いをしないで過ごせれば、きっとしあわせな気持ちで毎日が過ごせるはずです。

しあわせでストレスが少ないと、ストレスによる無駄な出費をしなくなりますから、お財布にも優しい生活になるはずなのです。ストレスと病気に因果関係もあると言われるから健康的でもあるはずです。

ですから、しあわせな人間関係、相手に好意を持ってもらうにはどうすればいいのかもう少し考えてみたいと思います。

しあわせな人間関係はお財布にも優しいものです

年齢を重ねるとその人生が風貌に刻まれるといいますが、人との関係構築には、外見も重要だと思います。たとえば服装です。着ていて楽チンなものを選ぶのだけではなく、少しおしゃれを取り入れた清潔できちんとした装いをしていることを、男女問わず嫌ったりしません。それは周りの人への配慮をしているシグナルだからです。同じように加齢臭がするなどと言われないように頻繁に入浴し、口臭や頭髪などにも注意をすることも大切です。そして笑顔、柔和な表情も同じです。それは、感情をむき出しにしないコントロールができる理性ある人格をもっていることを周りに伝えるからです。そして、周りに配慮した振る舞い、一言で言えば、譲ることのできる余裕ある行動は人の心をつかむものではないでしょうか。コンビニで買い物をするときに、後ろの人が赤ちゃんを連れていたり、買うものはひとつか二つで急いでいると思えば、「どうぞお先に」と言ってみる。飲食店で店の人が忙しそうに働いていたら、会計や注文するタイミングを配慮してみる。自分以外の人のことを大切にする。配慮する。人生の時間を重ねてきていれば、何を配慮すれば喜ばれるかは分かるはずです。それを日常で実行してみてください。

もう一つ心がけていることは、人というものは感情で生きているものだということを自覚することです。気持ちがふさぎ込んでいたり、嫌なことがあったりしたりすることもあります。レジの順番を譲ろうとしたら、怪訝な顔をされたり、「ありがとう」も言わずに先に行く人もいます。そんな時には、ああ、この人は今日は気持ちがいっぱいで大変なんだなと思うようにしています。気持ちが疲れているときは誰でも行動がぶれるものです。小さな失敗や間違いはよくするものです。そういうことにいちいち反応しないようにしています。それは自分自身にも起きることです。自分に余裕がないときなどは、今日はダメだと、早めに切り上げて退散することにしています。

人間関係はむずかしいものです。でも奥深い。人生を豊かにしあわせにするために必要なものです。いろいろと書いてきましたが、方程式のようなものはありません。周りへの配慮もあからさまだと逆効果だったりもします。不条理だし想定外のことも起きます。だからと言って、心地よい人間関係を作ることを投げ出さない。それは自分の生きる空間を快適にするものだからです。そのためには積み重ねが必要です。

ところで、この項の文章を読んでくださってる方はきっといくつかの反応にわかれていると思うのです。何を当たり前のことを長々と書いているのだという方と、へえ、なるほどねと頷いてくださる方と、まったくピンと来ていない方です。正直申し上げると、私はこの前の項の文章は冒頭に記した苦悩に満ちた風貌のシニアの方、そうなってしまう可能性のある方を想定して書いています。特に会社組織、官僚組織などで組織の論理の中の行動規範で行動してきた方がたです。彼らは家族からは仕事が大変だからと一方的に配慮ばかりしてもらっています。なのにそれが当然だと思っている。そんな方がたに読んでもらいたい。

そういう人はできるだけ早く他者に配慮することの必要性を自覚して、自分自身を見直してほしいと思います。もしも家族の中で一方的に配慮する側とされる側が明確にわかれているような人間関係を作ってしまっているのであれば、それを配慮している側からやめることも必要です。それは本人の豊かな人生のためです。家族は配慮し続けることができても世間はそうではありません。もちろん、人間関係を変化させることは多少の軋轢や面倒なことにはなると思うのですが、人格は年齢を重ねるほど固まって動かしようのないものになっていってしまいます。もう遅いなどと言わないでください。なぜなら、誰の人生のとっても今日が一番若いからです。

それを放っておくと、配慮する側の気持ちもいっぱいになり、人間関係の最悪の結末を迎えることさえあります。人間関係の最悪な結末とはなんでしょう。それは殺人です。相手の生命を奪うところまで感情が達してしまうのです。

殺人。ちょっと物騒な話ですが、殺人事件の五五パーセントは親族間で起きています。金品を奪う目的で始まる強盗殺人事件や、通り魔殺人を怖いと思いますが、あなたを殺すかもしれない殺人犯は実は同じ屋根に下にいることが圧倒的に多いのです。怖いですね。これに友人知人、恋人や浮気相手、愛人といった人もいれたら、どのくらいになるのでしょうか。つまり、殺人事件の大多数は知ってる人の間で起きるのです。人は知らない人はあまり殺さないのです。

刑事ドラマでも、殺人事件の最初の聞き込みは被害者の周辺からです。スリラー映画の巨匠ヒッチコック監督の晩年の作品のひとつに「引き裂かれたカーテン」という作品があります。ヒッチコックファンが、監督の作品で好きなものを三作あげよといったら、おそらくほとんど誰も推さない作品です。ポール・ニューマンとジュリー・アンドリュースという大スターを二人も使ったわりにヒットもしなかった。それでも、私はこの映画を幼い時に淀川長治さんの「日曜洋画劇場」でみて本当に怖かったことを覚えています。それは、ポール・ニューマンが田舎の一軒家で殺人をするシーンです。私は主役のポール・ニューマンに感情移入しながら見ていました。もちろん、殺人はいけないことだと思いつつも、ポール・ニューマンが滞りなく殺人を貫徹してくれることを願わずにはいられません。ところが、相手はなかなか死んでくれないのです。時代劇でもウエスタンでも人が殺されるシーンはほぼ即死です。数秒もかからない。ところが、この映画の殺人シーンは、もう止めを刺した、ほとんど死んだと思っても、本当に死ぬまでの時間は途方もなく長い。それがとても怖かったのです。この映画では、相手を死に至らしめようという感情をとてつもなく長い時間持続させて見せるのです。

さて、現実の社会でも時おり痛ましい連続殺人などが報道されます。田舎町で、知り合いの家を次々と襲い何人も殺す事件も起きます。私は、そういう事件を知ると一人殺すのも大変なはずなのに、それを何人も連続して行えるとは、どういう精神状態なのだろう、どれほど憎んでいたんだろうと考えてしまうのです。家族や知人としてそれなりの人間関係を長い期間保ってきたのに、とてつもない負のエネルギーで相手に向かっていくわけです。

カインとアベルの時代から、日本なら応仁の乱に代表されるように、親族、兄弟間はその関係が上手くいかないと憎しみあい、時には殺しあうこともあります。そこまでいかなくても、夫婦の間なら、家庭内離婚、別居、いや熟年離婚はよくあること。親子の間で人間関係が途絶えたり、兄弟の間でも壮絶な喧嘩も起こったりします。遺産相続では、裁判沙汰で決着をつけるところまで追い込まれることもあります。そして、法的な決着はついても、その関係の修復はかなりむずかしいことになるのです。本来は楽しくわいわいやるはずのゲートボールや社交ダンスに俳句のサークル活動などの小さな集まりでもいろんな人間関係のいざこざが起きるものです。

しあわせな気持ちで生きていけるかどうかに、人間関係は大きく関わります。人との関係がうまくいっている時にはこの上なくしあわせな気分になります。生きていく活力にもなる。それどころか、我が子や夫婦など、この人のためなら死んでも構わないとさえ思うこともあります。その人の存在が人生をしあわせにしてくれているからです。

さて、いったいどうしたらいいでしょうか。人間関係に関することは、どうしても感情的になりがちです。それは当たり前です。心の問題ですから。しかし心の問題こそ、自分を突き放して相手の立場に立って冷静に知性で判断することが必要だと思うのです。相手の立場に立って考えてみる。会社組織などで生きてきた人、大卒でそこそこの一流会社、役所などで定年まで過ごした、特に男性は、そういう視点で人間関係を見られない人が多いのです。彼らはヒエラルキーの中の人間関係しか知りません。そのような人間関係は、利害関係がはいりますし、縦社会と横の関係にも組織としての規律があるので、それを守っていればいいのです。だから人間関係としては簡単なのです。

特に年長になるとヒエラルキーの上層部として、周りから気を使われることが圧倒的に多くなります。さらに、平成生まれの場合は少し違いますが、それ以前の世代では家庭に戻っても家族がほぼ一方的に気を遣ってくれます。こうして、周りに配慮し気を遣う、愛情や優しさを注ぐことをあまり経験しないままにシニアライフに入ってしまう。当然うまくいかない。それを時には、「俺はこういう生き方なんだ。それを受け入れてもらえないのなら構わない」と開き直ることがある。それでは孤立し人間関係もうまくいきません。それで満足ですか？　周りもそんな老人は面倒臭いし敬愛もできないし避けるだけです。せめて、自分は人間関係について得意でないと自覚してみてください。良い人間関係は、そこから始まります。

先に他者に対する配慮について書かせていただきました。もう一つ重要なことがあります。それは適切な距離を保つことです。家族で殺人事件が起きるのは、一緒にいるからです。隣人でのいざこざは近くにいるからです。それぞれの人との適切な距離を保つことが大切だと思うのです。遠すぎず近すぎない。避けるわけではないけれど、相手が歓迎していないのにぐいぐい距離を縮めない。

私は高校の時に、あるクラスメートにこう言われたことがあります。

「佐藤はフランス料理みたいな奴だ。一ヶ月に一度くらい食べるのはいいけれど、毎日は食べたくない」

とてもうまいことを言われたと思うのです。皆さんはフランス料理でないとしても、年に一度か二度会う関係の人とはたいてい上手くいくものです。相手の嫌なところも見ないですむし、自分の欠点も一年も経てば忘れてくれるからです。しばらく会わない時間が過ぎて、久しぶりだからメシでも食べましょうなんていう関係は理想的な距離感を保てているのでしょう。自分から誘ったり、相手から誘ってもらったりしていれば特にいいものです。

年に一度会う、三月に一度の会合で会う。そういう距離のある関係を多く持っておくのはいいものです。そして、その心地よい距離を保つ。年に一度会うくらいがちょうどいい関係の人とは、そのペースで会う。それを月に一度会う関係にすると問題も起きてしまうものです。人は少しずつ亡くなっていくものですから、そういういい距離感の関係を多く持っておくことは賢い選択だとも思います。

職場やサークルなど頻繁に会うような関係の人とも適切な距離を保つ。近い人もそうでない人もいるのが自然なのです。相手が挨拶程度でいいと思っているときは挨拶程度の付き合いにしておく、たまたま話す機会があったら楽しく話す。それが続けば、会えば話すくらいの関係になっていくという具合に自然の流れの中で関係を作っていけば間違いありません。いい距離を保つということは相手にとっても心地のよいもので、それは相手に対する配慮でもあるのです。

ただ、私が例外として心がけていることは、あまり関係性が近い人でなくても、何か困っているときだけは、自分のできる範囲で積極的に手を差しのべるということです。人間関係のトラブルで仲裁に入ってほしいというような場合は自分の力量も考えて避けることも多いのですが、個人的な悩みや困りごとで自分で何か助けになるようなことがあったら、声をかけるだけでなく何か具体的な行動に移したいと心がけています。

じっくり二時間、三時間と話を聞くだけで喜んでもらえることもありますし、食事に誘ったり、ちょっとした茶菓子をメッセージと共に送るだけで気持ちが和んだと言われたこともあります。年末に喪中ハガキを送ってきてくれた方には年賀状自体は控えますが、相手の気持ちに寄り添ったデザインの絵葉書を選んで短いメッセージを書いて送ります。

夫が定年した後で熟年離婚を切り出すのは大抵が妻の方からです。何年も前から準備して経済的な問題も相当クリアにしています。会社勤めの時には、昼間は家にいないでくれたので我慢できたけれど、定年後は一日中近くにいるので耐えられなかったというわけです。

夫婦といえども元々は他人の二人です。一〇〇組の夫婦がいれば一〇〇通りの関係があるものです。深い愛情で結ばれている人も、離婚していないだけという人も多い。結婚しているときには毎日言い争いをしていたのに、離婚した後は、いい友人関係になったという場合もあります。人それぞれです。

関係を良くするためにお互いが他の居場所をもつことはとても大切です。それは夫婦といえども適切な距離を作ることができるからです。離れてみるからお互いの冷静な気持ちが分かるのです。もっと一緒に買い物に行きたい、たまには旅行に行きたい。そう思っても相手が望まないのであれば仕方ないのです。

相手が望まないのであれば、毎日そばにいることもしない。寂しいなどと思ってはいけません。そういう関係を作ったのはお互いの歴史なのです。それを一方的に無理やり変えようとすると、そういうギリギリの関係性さえ壊してしまう。関係性が変わっていくのには相応の時間が必要で、積み重ねが必要なのです。嫌な相手がそばにいてもうれしくありません。そばにいることを欲するより配慮することを心がけて見ることがいいと思うのです。たとえば、夫は現役のときに家事の手伝いは何もしたことがなかったとしても、何か妻に配慮できることはないか考える。たとえば洗濯物を取り入れる。食事が終わったら食器を流しに持っていく。荷物をもつ。それらを妻に二度手間になるから手伝わなくていいなどと言われないように、妻のやり方を真似て上手に手伝うのです。つまり、お茶を入れる時は、きちんと後片付けまでするようにします。

相手が望む距離は、自分にとっては理想的な距離ではないかもしれません。しかし、その距離も毎日の中で少しずつ変わっていくこともあるものです。残念に思うのであれば、そこに希望があることを忘れないでください。

3　終の棲家の考え方

ダウントン・アビーのようなお屋敷ではないけれど

二〇〇一年に名匠ロバート・アルトマン監督の撮ったオールスター映画「ゴスフォード・パーク」の成功を経て生まれたイギリスのテレビドラマに「ダウントン・アビー」があります。こちらは日本でも人気だったからご存知の方も多いと思います。どちらも広大な領地と城のような屋敷を持つイギリスの貴族が、二〇世紀の世の中の変化のなかでどう生きる選択をしていくかという物語でした。どちらもとても面白いです。私はＤＶＤで何回も見直しています。

屋敷の生活は上の階の貴族の生活と下の階の従業員（いや召使いといった方がぴったり来る）の生活があり、ドラマでは並行して描かれます。どちらにもしあわせと苦悩があることを丁寧に描きます。たとえばある従業員は殺人の疑いをかけられ獄中につながれますが、その時でさえも喜びと希望の涙をこぼします。子どもを持つ希望がなくなった貴族の夫婦に新しい生命が与えられ、喜び急いで家路に戻るときに事故死が襲います。人生の喜びと哀しみは常に寄り添っているのだなあと思うのです。

多くの視聴者は貴族の豪華な生活に羨望のまなざしを投げかけますが、豪奢な彼らにも数々の苦悩があることでほっとするのかもしれません。何代にも渡って受け継がれて来た屋敷や土地をどうやって残すか、莫大な費用のかかる生活のスタイルをどう維持するか。ポーカーフェイスの向こう側はいつもお金の算段があるのです。

屋敷の維持と修繕には多額の金がかかかります。その費用を工面するために、危うい投資話に乗っかり大損して破産の淵に追いやられたり、屋敷を観光客に開放し入場料を得ようと画策したりします。技術の進歩により電気製品、冷蔵庫や電話などが生活に入ってきますが、生活の変化はごく僅かです。そして、屋敷の主人はこういうのです。

「私はこの屋敷を預かっているだけなのだ。そして、私の義務はこれを次の世代に受け継いでもらうことだ」

ただ、それさえも幻想でしかないのかもしれません。時代の変化は貴族がそうした館を維持することを不可能にしていくからです。ドラマの主人公は自分たち以外の多くの貴族の屋敷が閉じられている実態も知っています。だから、その本音は自分の代では由緒ある屋敷の歴史にピリオドをうちたくないという思いでしかないのだと思うのです。

ほとんどの日本人はこのドラマを他人ごとのように見たと思います。もちろん私もその中のひとりです。このドラマはいろんなことを語るのですが、ここで私はその中のひとつに注目したいと思います。それは「お屋敷＝不動産」です。

ダウントン・アビーでは、家督を相続する長男が領地などを総取りすることになっています。父親は他の子どもたちにも、十分な財産を分け与え、お金をかけていろんな経験をさせます。

日本では江戸時代には借家住まいが当たり前でした。落語を聞いているとよく分かります。それが日本が豊かになるにつれて、市井の人たちも持ち家が当たり前の時代となりました。特に一九七〇年代の田中角栄首相時代の日本列島改造ブーム、一九八〇年代終わりのバブル経済では、不動産の価値は相当跳ね上がり、普通の人が住む住宅でも財産となりました。

そして価格の上がった不動産は一生かけて手にするものになった。今マイホームを購入する人は三〇代半ばが平均ですが、その代金を払い終わるのは定年ごろというわけです。日本の人口減少時代に不動産の価値はどうなっていくのかはいろんな考え方があるでしょうが、少なくとも、今のところは大きな財産であることは間違いありません。

特に都市部や地方の県庁所在地の人気エリアで土地付一戸建て住宅に住む方はダウントン・アビーほどではないにしても、その高価な財産をどうするべきか悩むものです。

六〇代以降は不動産とどう付き合っていったらいいでしょうか?

一戸建ての場合であれば建築して二〇年を越したものであれば、すぐにではないとしても建替えのことを考えなくてはいけません。建替えまでしないまでも、家の修繕や水回りの改修などのメンテナンスは必須です。マイホームだから、家賃はかからない。住居費は考えなくていいという思い込みは幻想でしかありません。メンテナンスに関わる費用、固定資産税などの税金、家回りの火災保険に地震保険の保険料はどうしても必要なのです。

高齢になる前に思い切って建て直すという選択も考えられます。しかし、老後の自己資金の多くを割いてまで建て直しを考える人は少数派です。そんな時に、息子夫婦が地方公務員や専門職などで転勤がない場合は、二世帯住宅にするという選択があります。

親世代には息子夫婦がすぐ側に住んでいるという安心感があります。古い家も新しくなります。若い世代にしてみれば、土地取得の費用がなく建築費用だけでマイホームが手に入るという割安感があります。

このとき、数億円の資産があるのならまだしも、ほとんどの事例では親子で建築費を分担することになるものです。土地代がかからない子ども世代は長期の住宅ローンを組む。こうして親の土地に、親と子どもの名義の建物が建つことになります。

親世代はこれからしあわせなシニア時代が始まると思うわけです。しかし、時の流れは残酷です。たいてい一〇年ほどすると、いろんなことが起き始めるからです。

大人なら誰もが知ってることですが、長く人生を経験してくると、人間関係を気持ち良く過ごしていくコツはいい距離感を保つこと。離れていれば見なくていいものは見なくてすみますが、近くにいると、細かいことまで気になるものです。そんな時は適度な距離を保って気持ちが落ち着くまで離れてみる。理性や知性が人間関係の大切さを思い出し、感情を上回って傷ついた関係を修復してくれることがあるからです。一番良いのはそうならないように距離をとっておくこと。私はそう考えます。

大切な親子の関係だからこそ、なおさらそれが大切なのです。もちろん物理的な距離を取らなくても、成熟した人間性を獲得していれば、心の距離を保つことはできるでしょう。それを、人の器の大きさというのだと思います。しかし、そういう器を獲得していても、時には欠けたり破れたりする。それが人間関係のむずかしさです。

私は二世帯住宅というほぼ同居に近い形で、良好な関係を保ちながら毎日を過ごすことができる、これからの人生を過ごしていくことができる人はそう多くないと思うのです。

人間関係の問題はないとしても、親世代はすぐに年齢を重ねて生活環境が変わります。加齢によって今までできたことができなくなる。介護が必要になる。そして、夫婦のどちらかが先立ちひとり住まいになる。不完全だとは言うものの、介護保険制度とその枠外のサービスが必要になる。時には介護施設や老人ホームに移ることも考えた方がいいこともあるでしょう。その時に必要なのは、周りの人の優しい心とお金です。

子ども世代が一〇〇％親の面倒を見るべきだと考える人もいるでしょうし、物理的なお世話は可能な限りプロの力を借りて精神的な支えを家族が担当するという考え方もあります。それも、弱くなった親の状態によるのかもしれません。加齢から毎日の生活に相当の手助けが必要になったとき、やはり子どもに介護のほとんどを頼りたい、子ども世代の生活を自分の介護一色に染め上げてもらいたいと思う人はどれだけいるのでしょうか。

いずれにしても、やっぱりお金が必要です。この時に十分なお金を持っていれば問題はさほど起きません。もともと、そんな余裕資金なんてなかったという場合も、仕方がないと思えるでしょう。しかし、二世帯住宅を建てる時に使ってしまったお金さえ残しておけば対処できたのにと思うと事態は複雑になります。手もとに十分な資金がない場合には自宅を売却して換金し、たとえば、民間の高度なサービスを受けられる老人ホームや介護施設の入居資金に使うことも可能でしょう。特に一戸建ての自宅の価値の大半は土地ということが多いもの。しかし、この時に二世帯住宅を建てているとせっかくの資産である自宅を売却することはもうできません。また、住宅ローンを抱える子ども世代に何千万円のお金を出してくれというのもむずかしいでしょう。つまり、せっかくの資産を事実上は使えないものにしてしまうのが二世帯住宅なのです。そうなった時に親子の関係はどうなるのでしょうか。親としては子ども世代に介護を期待するのも無理はありません。こうして関係悪化の火種が生まれることもあるのです。

二世帯住宅を建てない選択をし、古い住宅のまま住み続ける人もいると思います。そういう世帯にも加齢による環境の変化は押し寄せます。そして、生活環境を変える必要が出て自宅を売却するというとき、なかなか売れないということが起こります。今や東京都内でも空家率が一〇%を超えるのです。施設の入居費用のため自宅の売却をすぐにしたいということもあるでしょう。その時には投げ売りです。不動産の投げ売りは市場価格に比べて何百万円も安く売ることになる、つまり損をすることになります。

生涯をかけて住宅ローンを返した人にとって唯一の資産は住宅と言う人も少なくありません。シニア時代の生活を経済的に支えるものは、公的年金と手持ち資産です。

この手持ち資産の構成を見てみると、すぐに使えない終身タイプの生命保険や不動産の比重がとても大きい。使いたい時に使える金融資産の割合がスゴく少ないのです。手持ち資産は六〇〇〇万円くらいの価値はあるけれど、そのうちの八割が自分が住んでいる不動産というのではあまりにも歪《いびつ》です。

私は子どもが自立し夫婦二人の生活になった時点で手持ち資産の中身を一度、しっかりと吟味してみる必要があると思うのです。特に住居の処分です。まだまだ住める住宅なのに売却するのは勿体ないという人もいます。まだまだ住める住宅だからこそ購入する側にとっても魅力的な物件になるという側面を忘れないでいただきたいのです。

不動産を持ち続けるか、売る方がいいか。とてもむずかしい問題です。

私からのひとつの提案は、悩まれる方は取りあえず売りに出してみることです。日本の不動産取引は売却契約が成立しない限り一切の手数料がかからないのが通例です。そして、売るべきか持ち続けるべきかの判断の重要な要素は、突き詰めると「いったいいくらで売れるのか？」ということだと思うからです。五〇〇〇万円で売れるのならいいけれど、四〇〇〇万円であるなら売りたくない。それなら、五〇〇〇万円で売りに出してみればいいのです。

これから日本は人口減少時代。二〇三〇年に日本の住宅は二〇〇〇万戸が空家になるという予測もあります。

不動産は売り急ぐとなると、思ったような価格で売れないもの。二年、三年かかっても構わないということであれば、希望価格で売れる可能性も高まるものです。

また、不動産を売却することは物理的にも精神的にもエネルギーがいるものです。売却すれば次の生活の拠点を探す必要がありますし、新しい環境に慣れなくてもいけません。それは一苦労です。自分もいつか高齢になるのだという現実を受け入れ、いろんなことに対処できる余力のある若いうちに資産構成を健全なものに整える方がいいと思うのです。

売れない家をどうしたらいいか

少子化が進む日本でいま急速に起きていることは不動産の市場価値の長期的な下落です。時おり不動産価格が底を打ったと報道されることはありますが、バブル経済の時のように持続的に上がったりするものでも、日本全国に言えることでもないようです。再開発や外国人の流入などで例外的に上がっている地域が全体の下落をカモフラージュしていると言っていいのではないでしょうか。つまり、ごく一部の人気エリアを除くと、下落は確実に進んでいるといえます。

先年、関東のある県で連続講演会を行いました。県民大学の市民講座の講師です。そこで、不動産を売却して金融資産にしておくことも検討に値するという趣旨の話をしたところ、受講者の人から指摘されました。東京ならそれも可能かもしれないが、地方の不動産は誰も買い手がいないから無理だ、と言うのです。

売れない理由はどこにあるのでしょうか。

ひとつは、市場価格を無視した価格設定です。買ったときの価格や、バブルの頃には、などといろいろの理由をつけて、いまでは五〇〇万円の価値しかないものに八〇〇〇万円の価格設定をつければ売れないのが当たり前です。

しかし、価格を安くしても売れない。買い手がまったくいないという場合もあります。

先日、ある公有地がマイナス価格で売却されたと報道されました。古い建物の撤去費用を考えるとマイナス価格になるというのです。また、テレビの情報番組などで、地方の別荘が一〇〇万円、リゾートマンションが五〇万円など格安な価格で販売されていると伝えられることもあります。これらは、修繕費に費用がかかることがその理由です。また、リゾートマンションでは、マンションの管理費、修繕積立金、固定資産税などを考えると安くてもいいから手放してしまいたいという所有者の考えから格安になるわけです。

固定資産税は、土地の評価額に基づいて計算され課税されるわけですが、まったく売れないとなったら、それはほとんど無価値に等しいはずです。無価値のものは資産とはいえません。それに課税するのはちょっとおかしいなあと思いつつも、税金を払わなくてはならないのが現実です。

いま住んでいる家を手放しても大したお金にならない。また、家を手放せば家賃を払わなくてはいけない。そう考えるとはした金で大切な家を売ってしまうことに抵抗感があるのはよく分かります。もちろん、その理由から住み続けるのがいい場合もあるでしょう。ただ、一度はみなさんに考えてもらいたいことがあります。それは、これから一〇年、二〇年先のことです。年老いて夫婦二人で住む、いつかは一人で暮らすことになる。老いて身体の自由さが失われたときに、いまの家は、便利で快適な環境でしょうか。

いま買物にいくスーパーははたして二〇年後もあるでしょうか。いつまで自分は自動車や自転車に安全に乗れるでしょうか。信頼できる総合病院は近くにあるでしょうか。出かけるときの交通機関は便利でしょうか。

一戸建てにひとりで住むことになれば、庭の手入れ、家の前の掃除、雪下ろし、家の掃除を自ら死ぬまでし続ける必要があります。家賃がかからないとして、杖を付くようになったり車いすになった時はどうでしょう。身体が不自由になっても使いやすいお風呂、トイレだったりしますか？　現在の住まいは、元気な家族が四人で暮らすことを考えて建てられていませんか。それなら、これから先の住まいには不適切です。

いまの自分だけで判断しない。年齢を重ね身体が不自由になった将来のことも想像して判断していただきたいのです。

今の住まいのまま年老いたら、買物をするのにタクシーや誰かの送り迎えがなくてはなりません。日々の生活の必需品も手に入らないような環境になるかもしれません。病院にいくバス停が家から遠くて一苦労となるかもしれません。近くに駅やバス停もなく移動するのに不自由かもしれません。

何かするために人の手を借りる。買物や病院通いに交通費がかかる。住んでいない部屋が多いとそれだけ光熱費はかかる。修繕やメンテナンスの費用、税金や保険のこともじっくり計算してみてください。それは余計にお金がかかることを意味します。

掃除も使っている部屋だけになったら簡単で時間もかからないものです。家から遠くにあるスーパー。とてもあと二〇年、三〇年後に通うのは無理だなと思ったら、それは家が財産というよりも負担になっていくことなのです。

コンパクトで快適で便利な環境の場所に住むのと比べれば、大きくて住みにくくお金のかかる家は余計な家賃を払っているのと同じです。

そして、貴重な人生の残り時間を掃除や買物や病院への移動のために使ってしまうのは馬鹿らしいと思いませんか？

なるほどね。それなら、シニアになってから家の売却も考えるわ。

それがいけないのです。

家の売却のデッドラインは六五歳までが理想です。家を売るのはものすごくエネルギーがかかります。不動産屋、買い手とのやり取り、駆け引きも必要です。売り急げば市場価格よりもさらに安くなってしまうものです。反対に時間をかければ、市場価格か、それ以上でも売却できることもあります。

引越も大変です。新しい環境に慣れるのも、人間関係を作るのも簡単なことではありません。それは、年老いてから簡単にできるものではないのです。その精神的、肉体的な負担は想像以上です。ぐったりします。よく年老いてから新築したり引越をして、その負担からかあっという間に亡くなってしまう人がいます。

それに、この本で何回も申し上げて来ているように、少子高齢化は確実に進んでいきます。今なら安いかもしれませんが、今なら売れる物件も一〇年後はどうなっているか分からないのです。

早いうちに準備をする、整理をするに越したことはないのです。

そんな美味い話はあるわけないのに

佐藤さん、家を売らなくてもいい方法ってあるんですね。

満面の笑みで僕に話しかけて来た初老のご夫婦がいました。いま流行のリバースモーゲージ制度を使えば、自分の家に住みながら老後資金も確保できるから安心です、と言うのです。確かに老後のお金を考えるときにひとつの方法であることは間違いありませんが、それで安心と思いすぎるのは危険きわまりない。そう僕には思えます。

リバースモーゲージは、住んでいる自宅を担保にお金を借りることです。

そして多くの場合、利息さえ払えば元本は払わなくていい。一定の制限内なら元本さえ払わなくていいと宣伝されます。何となくすごく有利でお得な感じがします。

はたして、そんないい話が世の中にあるものなのか。一部の人にはいい話であったとしても、多くの人が注目すべき制度なのか。ちょっと真面目に考えてみたいと思います。

たとえば、自宅の評価が（この評価額というのも問題なのですが）二〇〇〇万円だとします。多くの場合は、その評価額の五〇~六〇%までお金を借りることができるというので、一〇〇〇万円まで借りられるとしましょう。

定年を迎えて、夫婦で海外旅行に行くので一〇〇万円を借りるとします。二〇〇〇万円の担保価値のある家を差し出しているのだから、もちろん貸してくれます。

ただし、利息がかかる。平成三一年春のほぼゼロ金利の時代でさえ、年三%くらいの金利です。

つまり借りた一〇〇万円の元本のために毎年三万円支払わなくてはならないのです。元本を返さない限り、毎年三万円を支払い続けなくてはならない。ここにお得だなあと思う気持ちと、実際の負担に大きな差がでるのです。なぜなら、一〇〇万円を二〇年借りたら、その利息の金額は六〇万円になります。それも、これは金利が変わらないという前提です。借りるお金は変動金利なので、金利が上がれば支払い金額も増えていきます。

死んだあとに、自宅を売却して元本の一〇〇万円を返すのですが、それまでに六〇万円も利息として払っています。はたしてこれはお得でしょうか？

仮に金利分も返せなければ、一〇〇万円の借金は翌年には一〇三万円となります。さらに翌年には一〇六万円と少し。複利でどんどん増えていく。そして、金額が自宅の評価額の一定の基準を上回ると、自宅から出て行かなくてはならなくなります。

家を担保にお金を借りることはできるけれど、借りたお金の元本を返済する能力がなければすぐにお尻に火がつく仕組みになりかねないのです。

二〇〇〇万円の評価額で借りられるのは一〇〇〇万円とすると、借りた金額の総額が一〇〇〇万円（払えなかった利息分とその延滞金も含んで）を越えたらアウトとなります。

そして、この評価額というものも実はやっかいなのです。不動産の評価額は毎年見直されるからです。六五歳のときには土地代だけでなく家屋の評価もしてくれて二〇〇〇万円だったものが、一〇年後には家屋の評価はゼロとなり一五〇〇万円ということになるかもしれません。少子化で不動産価格自体が下がれば、土地の評価額も下がっていきます。二〇〇〇万円の評価額で一〇〇〇万円までの融資枠があるからと、調子に乗って一〇〇〇万円ギリギリまで借りるようなことをすると、壮絶な老後が待ってる可能性があるわけです。

評価額が一〇〇〇万円までに下がれば、融資枠も減り五〇〇万円となってしまうからです。こうした不動産価格の下ぶれリスクも考えると、安心して家に住み続けるためには、せいぜい評価額の二、三割程度のローンに留めておくべきではないでしょうか。

つまり今の時点で二〇〇〇万円の家を担保に出しても、安心して借りれるのは、せいぜい五〇〇万円程度となります。大した金額ではありません。

さらに、このサービスを受けるためには、お金を一円も借りなくても、不動産を毎年評価してもらう手数料が要ります。さらに、申し込んだ時には二〇万円以上の手数料や印紙代がかかるのです。

また評価額自体にも不満を感じることもあるはずです。うちの評価額は三〇〇〇万円はあるよと思っても銀行側はリスクを避けるために少なめにするからです。というわけで、リバースモーゲージが全ての持ち家世帯の老後資金の解決策とはならないようです。

どうしても今ある家を有効活用したい、住み続けたいのであれば、リースバック方式というのもあることをお伝えしておきます。

これは今ある家を売却して、家賃を払って住み続けるものです。最低居住期間や家賃の相場が適正かということはありますが、まとまったお金が手に入ることには間違いはありません。所有権が移るので固定資産税も火災保険も不要になります。また、多くの場合、ちょっとした改造なども受け入れてくれます。逆にリバースモーゲージでは、固定資産税も火災保険なども払い続けることになるのです。

リバースモーゲージ制度とリースバック方式、実に対照的です。

災害大国日本。それは、資産が急に奪われる可能性を意味します

老後のためにコツコツ貯めたお金を詐欺にあって失ってしまう人が後を絶ちません。

しかし、日本には詐欺でも強盗でもないのに、ほぼ全財産を持って行かれる人たちも大勢います。それは、平成でも毎年のように起きた大地震、大津波、台風と大雨による水害などによって被害を受けた人たちです。もちろん命が助かれば御の字ですが、手持ちのほとんどの資産、家財道具を奪われたら、老後に思い描いていた生活はもはや実現できないのです。

とくに平成に入って憧れのマイホームを住宅ローンで購入した人たちの多くは、ローン返済や教育費などを捻出するだけで精一杯の現役生活を送ります。そのために老後の自己資金はあまり作れません。六五歳になってみたら、資産の大部分は不動産という人がどれ

ほど多いか。老後を乗り切るための自己資金は三〇〇〇万円必要だなどとまことしやかに語られることに少し焦ってもいるでしょう。それでも、安堵できるのは週末の新聞に入ってくる中古不動産の折り込みチラシをみて、自宅を売れば何千万円になるからと自分に言い聞かせ少しホッとするのです。

そういう世帯に自然災害が襲ってきて住宅や家財道具を全部持って行かれたらどうなるか想像してみてください。国や自治体は被災直後の食料や避難所などは援助してくれますが、住宅再建はあまり期待できません。自分で再建しなくてはならない。しかし、七〇歳を過ぎて何千万円も使って新築をしたい人がどれほどいるでしょうか？　平成三一年二月二七日に復興庁から発表になった資料によると、東日本大震災の被災者はすでに八年経ってもいまだに約五万二〇〇〇人もいるのです。住宅ローンが残っている人は払い続け、ローンがなくても再建のためのお金がなく被災したままになってる人がいるのです。

たとえ自分自身は再建できたとしても、お隣は更地のままと、歯抜けのような街ではコミュニティは途絶えたままです。なかには、災害がおきても土地は奪われることはないから安心だという人がいます。本当にそうでしょうか？　たとえば、地震でお住まいの土地が液状化したり、土砂崩れで埋まった家が近くにあれば、土地の価値は大きく変わってしまうこともあり得ます。それは災害に土地も奪われたのと同じことです。

マンションに住んでいるときに被害を受けると再建はより一層深刻になることがあります。建て直し、修繕が住民たちの合意で決まってしまうと、その負担金は自ら調達する必要があるのです。阪神・淡路大震災の時のような倒壊するマンションが起きないように建築基準は厳しくなりましたが、それは建築会社がきちんと基準通りに建ててくれていることが前提です。昨今の欠陥マンションの事例では、調べてみたら手抜き工事だったということが一流会社でもたびたび起きている現状で、どうして自分のところだけは安心だと言い切れるのでしょうか。

二二〇兆円以上の被害が予想されている南海トラフや首都圏直下型地震が起きたときに、資産を不動産中心に持っているか、金融資産中心に持っているかでその後の生活は大きく変わります。付け加えて心配なのが、はたして二二〇兆円もの被害が出たときに国や地方の生活再建の支援はどれほどできるのでしょうか。今までと同じ水準でできるのだろうかと思うのです。

資産を現物で持っているから、災害の時に奪われるのです。銀行などの金融機関に預けておく金融資産は災害で奪われることはありません。

災害のことばかり申し上げましたが、不動産に関しての一番の懸念は、日本の少子高齢化かもしれません。住む人が減れば不動産の資産価値がどうなっていくのかは明瞭です。災害大国日本に住む私たち。もしも、老後のための自己資金が乏しかったり、資産の多くが不動産の場合は、それをどうしたら、将来の状況に応じて臨機応変に自分の生活に使っていけるのか考えてみたほうがいいようです。

付け加えて申し上げたいことがあります。「今は利息がほとんどつかないからタンス預金にしているの」と言う人をときどき見かけます。やはり銀行預金されたほうがいいのかもしれません。金融機関に預けておけば、通帳や印鑑が燃えたり流されて失くなっても、お金はきちんと保護されます。家に現金を置いておくことのリスクを考えてみてください。

相続税対策を懸命にやって相続に失敗するひとたち

まず、質問です。夫婦と子ども二人の四人家族の夫が逝去しました。都内の土地四五坪の一戸建て市場価値六五〇〇万円の不動産と二〇〇〇万円の生命保険、一五〇〇万円の預貯金と株式を残しました。相続税はいくらくらい払うと思いますか？

実は平成二七年、相続税は大幅に上がりました。

相続した資産に税金がかかります。さて、いくらでしょうか？

相続にも基礎控除（税金を払うか払わないかのボーダーライン）があります。その数式は、三〇〇〇万円＋相続人数×六〇〇万円です。この場合は三人ですから、三人×六〇〇万円＝一八〇〇万円、三〇〇〇万円と合わせて四八〇〇万円まで税金がかかりません。

そうか。六五〇〇万円の不動産と全部で三五〇〇万の金融資産で一億円。四八〇〇万円までは控除になるから、五二〇〇万円に税金がかかってくるのか……と思われた方。

間違ってます。

相続する不動産では、小規模宅地などの不動産に特例があります。土地の敷地面積一〇〇坪（三三〇㎡）以下の物件を夫婦のどちらかか、同居家族が相続する場合などは、五分の一と評価するというものです。六五〇〇万円の不動産は一三〇〇万円としてしか計算されませんから、三五〇〇万に一三〇〇万円で合計四八〇〇万円。実際の不動産に対する相続税の評価は、路線価方式や倍率方式という計算方法で決まっていきますが、実際の不動産の市場価格より低いことが多いと言われます。つまり、今回の事例では相続税の支払いはないわけです。

また、相続税には基礎控除以外にも配偶者控除、未成年者控除などさまざまな税制上のルールがあります。興味があれば本を読んで勉強したり、信託銀行などで相談してみるのもいいでしょう。

相続税が改正され、相続税を払う人は増えました。しかし、それでも一〇〇人中八人だけなのです。九二人は相続税を一円も払っていません。節税のための相続税対策をする人は多いのですが、実際にはほとんどの人は気にする必要がありません。それよりももっと心配すべきことがあるはずです。それは残された遺族の気持ちではないでしょうか。

どうもみなさん、相続と言うと、お金のことばかりを考えてばかりで残された人の心のことに思いが及んでいないように思います。相続税を減らすこと。そんなことは簡単です。むずかしいのは、あなたが親から受け継ぎ、あなたの一生をかけて築いた資産を譲り受ける人たちの心情です。

五万円や一〇万円で人間関係は簡単に崩れます。一〇〇万円で人が死んだり殺したりもします。それが、いくら家族、兄弟だからといって、いや、だからこそ数百万円や千万円単位の財産について気持ちが揺れるのです。揺るがないと思っている方が間違っています。

もちろん、ただ分配するだけなら、法的に有効な遺言書を書けば、さまざまな法律が落ち着くところに落ち着かせてくれるでしょう。しかし、ただ遺言書を書けば、遺された人びとがもめないということにはならないのです。

法的な問題がなくても、心のわだかまりは生まれてしまうからです。

親世代が人生を全うしたあと、子どもたちとその家族が仲良く親戚付き合いをしていける、何か本当に困ったときにはお互いに助け合うことができる、そんな関係を残してやることは、私に言わせれば、一〇〇万、二〇〇万円などでは決して手に入れることのできない価値があることだと思います。

たとえば、あなたの老後の面倒を見てくれた子どもが、そうでない子どもと同じだけの分配だったらどうでしょう？

あなたの実子は、育ててくれた両親のことだからと納得するかもしれません。しかし、その家族までもが同じ気持ちというわけにはいきません。あなたの面倒を見るためにいろんな不都合があったかもしれないのです。

もしも、仮に親の面倒を見たのだから多くもらうのが当然だなどと、子ども自身が主張したら、どうなるでしょうか。他の子どもは、財産を多くもらうために面倒見たのか？となります。実の子どもは、親の面倒を見てくれたのだから、多めにもらうのが当然だと思っても。その家族は近くに住んでいたんだから面倒をみるのが当たり前だとなるかもしれません。

また、どのような形で財産を残すのかも大切です。

不動産のように簡単に分配できないものも、その扱いをどうするかで揉めることがあります。子どもが大学に入るのですぐにでも売却しお金がほしい相続人がある一方で、子どもも時代から親と過ごした思い出が山ほどある家なのだから、できれば家はそのまま残したいと思う人たちがいるかもしれません。売る場合でもそのタイミングで意見は異なります。すぐに売りたいと思う人もいれば、何年かすれば不動産価格は上がりそうだと考える人もいるでしょう。

それぞれのご家庭でいろんな人間関係、さまざまな事情があると思うので、私はこれが答えだと申し上げることはできません。ただ、申し上げたいことは、財産はできるだけ分配しやすい金融商品にしておく、法的問題や節税対策だけでなく人間関係を細かく考え、残された人が納得の行くような配慮が必要だということです。

繰り返しになりますが、お金に換えがたい家族や親戚の良好な関係を残してやること、それは財産のひとつです。それは自然に得られるものなどと考えるのは大きな間違いです。余りにも乱暴です。実子だけならまだしも、実子の後ろにその家族がいることを忘れてはいけません。そして、それぞれの家庭の事情がある。思いがある。そして、数百万円、時には一〇〇〇万円以上の資産を笑って気持ちよく、俺は要らないよ、などと言える人はほとんどいないのです。

そういう、人の当たり前の気持ちを考えて準備を進めることは、遺産相続の節税にばかりこだわるよりも、もっと大切な親の役割だと私は思うのです。

老人ホームとシェアハウス

子どもの頃に、毎週楽しくてたまらなかったバラエティ番組が「巨泉×前武ゲバゲバ90分！」です。一九六九年から七一年の放送ですから私が一〇歳になる直前です。大橋巨泉さんと前田武彦さんは、私の子どもの頃からテレビスターでした。

その後もいろんな番組で楽しませてくれましたが、前田武彦さんは、テレビの出演があるときから急に減り、一〇年以上のブランクのあとにテレビに再登場した時は、タレント初の気象予報士として復活。ヨットをすごく楽しんでおられるようでした。大橋巨泉さんは、日本だけでなく、オーストラリアやハワイ、カナダなどにも住まいを持ち、季節に合わせて移り住んでいると聞きました。凄いなあと思ったものです。

お二人とも八〇代で亡くなりました。また、テレビで老いていくのもみていました。世の中についてきちんと発言されるし、その面白い人柄から尊敬するようになりました。お二人に共通するのは、自分の好きなことをして生きた、何ものにも縛られていないように見えたことです。

多くの人の人生はそういうわけにはいきません。いろんなことに縛られる。それが、家族や友人などの人間関係や、現役時代なら仕事に縛られるのも、仕方ありません。しかし、できるだけ自分の人生はいろんなことから縛られないように生きたいものです。

一番嫌なのは、お金に縛られることです。とくに借金、ローンです。代表的なものが、住宅ローン。そして、長年に渡って支払いの約束をしてしまう保険契約です。マイホームは家賃を払う苦労から解放してくれるように見えて、多くの人にとって重荷になっているケースもあるように思います。ローンを払うために、仕事やしたいこと、ほしいものを犠牲にします。それが、自分や家族の理想の家ならまだしも、良かったのはローンを組んだ二〇年前のことで今はそうでないというのなら、犠牲が大きすぎます。

多くの方が人生の最後は住み慣れた自宅で迎えたい、そう思われます。しかし、実際は八割以上の人は病院や施設で最後を迎えるのです。どんなに仲のいい夫婦でも、どちらかが先に逝き一人の人生の時間を迎えるものです。また、介護のためプロの助けが必要になることもあります。また、いろんな住まいの選択肢がある時代です。

考えられる住まいは、嫌な言い方ですが、老人ホーム。そして、今や若者にも人気のシェアハウス（共同住宅）といった形態もあります。

老人ホームといってもいろいろです。公的な主体で運営されるものから紹介すると、特別養護老人ホームは重度の介護を必要とする人を対象とした公的な介護施設。長期入居ができ費用負担も少ないのが特徴です。介護老人保健施設は、回復リハビリ、介護、医療スタッフの管理のもとでの看護が受けられるもの。民間主体で運営されている介護付き有料老人ホームは、食事、清掃、リハビリ、ある程度の介護などの幅広いサービスが受けられる施設。またはより独立性の高い、サービス付き高齢者向け住宅は、見守りなどのサービスがついた高齢者向けの賃貸住宅。身体の自由がある程度確保されていて自立して生活ができる人が対象です。他にも、介護ほどではないものの、多少の支援が必要な人を対象としたケアハウス。軽度の認知症の人が共同生活を送るためのグループホームもあり、身体介護などを受けられます。

主にスウェーデン、デンマークなどの北欧で発展したのがコレクティブハウスです。個々の居住スペースや水回り、キッチンなど確保された独立性の高い住まいでありながら、高齢者から子どものいる家族、若い単身者まで、年齢も家族構成もさまざまな人たちが共同生活を行うというコンセプトのもと、子どもの面倒を見たり、いっしょに食事を作ったりと、生活のコミュニティを作り支え合っていくというものです。最近急増しているシェアハウスはそれこそ様々で、同じ趣味のほぼ同年代の人たちばかりが住むもの。たとえば、女子大生、単身者、同じスポーツを愛好する人など、一つ屋根の下に独立して住みながら、共有スペースで交流するというものがあります。共有部分は施設によってさまざまで、パーティスペース、音楽練習室、大型スクリーンで映画などを楽しめる部屋があるもの、運動施設があるもの。大きなキッチンがあったり、洗濯機や乾燥機があるものなどいろいろです。キッチンは各部屋に設置せず共有スペースにだけあるというものもあります。ひとくくりにシェアハウスと言っても、会社の独身寮を廃止し一般賃貸にリニューアルした一〇〇世帯以上があるものから、個人が経営する数部屋のものまでさまざまで、厳しいルールや役割分担があるところもあれば、緩い縛りだけのところもあります。

このように選択肢が増えれば、大橋巨泉さんのようでなくても、自分の人生のライフステージによって住まいは変えていくことができるのです。時には介護施設にどうしても入らなくてはならないこともあるはずです。ただ、その時に必要なのはお金です。マイホームのローンを払ったあと、そうした生活をするのに十分な資金がある人は多くありません。ですから若い頃に手に入れたマイホームにたくさんのいい思い出はあったとしても、年を取り今とこれからの生活に合わなくなってきたら、早めに処分し現金化しておくことも考えていただきたいのです。

最近、心配していることがあります。それは、平成三一年に相続税が改正されたことです。これは、一般的には配偶者に優しい改正と言われています。

しかし、そうでない場合もあるはずなのです。

たとえば、夫が先だち夫名義のマイホームが残された資産の大半の場合。他の子どもたちと相続をする場合には、今までなら、強制的に家を売却しなくてはならないことがありました。それを、夫の死後も配偶者にはマイホームに住み続ける居住権を与える改正が行われたのです。

マイホームを、居住権と所有権に分け、妻に居住権、子どもたちに所有権を相続させるパターンが考えられるようになりました。

もちろん、そのおかげで妻は家に住み続けることはできるでしょう。しかし、それから後は、所有権はなくなっていますから、他の住まいの選択や施設に入るために家を売るということができなくなってしまうかもしれないのです。

換金できない財産は生活と人生を縛ります。老後の生活の選択肢を狭め、ますます縛ってしまうことになりかねないのです。

思い出の品は画像に写し、現物はお金に換えていきましょう

夫婦二人になったら小ぶりな住まいに移り住む。小ぶりなら掃除する負担は少なく光熱費も自然と減ってお得で楽チン。なるほどね、と思っていても現実的でないと思われる方が多いものです。その理由は、この荷物をどうするの？　ということに尽きるようです。何十年も生きてきて手にしてきた家具、衣類などの荷物、趣味のもの、これらがあって身動きが取れない。そこで、いま流行りの断捨離をしていただきたいです。でも、お金を出して買ったものを捨てるなんて勿体ないと思います。またいつか使うかもしれない、そう思うものです。

捨てるなんて勿体ないと思われるのなら、売ってお金に換えてください。思い出の品が、五〇〇〇円、二万円となるのなら、お金に換えたほうがいいと思いませんか？

昭和の時代なら、リサイクルショップや古道具屋さんなどに引き取ってもらうしか方法はありませんでした。しかし、今はフリーマーケットやメルカリやヤフオク!、ラクマなどインターネットで簡単に販売する方法があります。私は、何十年もかけて買ったCDやDVDなどをもう一〇年もかけてゆっくり売っています。また、買ったものの着ていない衣類や使わなくなったカバンなども売ってしまいます。先日は五年も使ったTシャツやカバンなどを使用済みのボロボロ、ジャンク品として出してみたら、びっくりするような高値が付き現金化できました。

Tシャツは一万円で買ったものですが、五年も愛用したのでボロボロ、それが四〇〇〇円。カバンは七年前に三万円で買ったものですが毎日のように使ってきて疲れてきたので、新しいものに買い換えたのです。そんな古い物が七〇〇〇円です。

電化製品や家具は仲々売るのが大変です。そこでほしい人に差し上げることにしています。五年くらい使った時点で、若い学生などで冷蔵庫がほしい、洗濯機がほしい、テレビをほしいという人がいたら、取りに来るという条件で引き取ってもらいます。あまり古くてボロボロのものでなく、まだもらってうれしいという状態のうちにあげます。すると、こちらは処分する時に必要なリサイクル費用などを支出することなく、もらった人は喜んでくれる。私は、この方法でテレビ、ワインクーラー、ソファや書棚ももらってもらいました。ときどきこうして知り合った若者に、パソコンのことやスマホの使い方を教えてもらうのですが、喜んで教えてくれます。

断捨離をするために自分の持ち物の一斉点検をすることになります。それは部屋が片付くだけでなく他にもいくつか利点があります。そのひとつは、売却するのであれば、お金が入ってくること。そして、無駄にものを買わなくなり、自然と経済的な余裕ができてくることです。

私は自分の持ってる物を棚卸ししてひとつひとつ検討するときにルールを決めています。まだ使うかもしれないと思っても、過去二、三年間に使ってないものはこれからも使わない可能性が高いと判断するのです。使わないけれども思い出のある品で捨てがたいものもあります。そういう品は、デジカメに画像を収めて捨てることにしています。もしくは、ネットオークションに出します。まずは、この価格なら売ってもいいという価格で出品します。何ヶ月かたっても売れなかったら、もう一度価格を検討します。値下げをすることも、そのままで据え置くものもあります。まだ使うかもしれないけれど、それほど愛着のなくなったものも、前述と同じようにネットオークションに出品します。

あなたがこの世を去った後に、子どもたちが形見の品物として残して持っていってくれるのは、せいぜい小さなダンボール一箱分くらいです。あとはゴミとして処分されます。立派な着物を一つ二つ残すのはいいのですが、何着もというのは子どもから新しい着物を買うチャンスを奪います。ぜひ、ゆっくりと断捨離を始めましょう。ただ捨てるのではなくできるだけお金にする。思い出のあるものは画像に残す。ほしい人がいるようなものは売ったり、差し上げましょう。

自分の持っているものを棚卸ししてじっくり見直してみてください。それは、自分が何を持っているのかを再確認できることでもあります。同じ色ばかりの服やネクタイ、買ったまま使っていない文房具、折りたたみの傘などなど。買ったままで使っていないものはありませんか。買ったまま捨てられるのは冷蔵庫の中の忘れられた食品だけでないのです。タンスやクローゼットの奥にあるものも同じです。

買ったことさえ忘れている品物を確認しておくとどうなるでしょう。

買い物をする時にこう思うはずです。

そうそう、これは持ってる。こんなものがあった。あれは、あそこにもあるから……。こうして自然と無駄なものを買わなくなる。断捨離するとそんなふうになります。お財布にも優しいことになりますね。年に一度か二度の棚卸し。これは妻だけでなく夫婦で行いたいですね。

定年したら運転免許を返納しよう

テレビの報道番組やワイドショーでは、頻繁にシニアの暴走運転について取り上げています。ブレーキとアクセルを踏み間違えた。高速道路を逆走した。時には通学の子どもたちや、後方にいた孫を轢き殺してしまうなどという悲劇も伝えられています。そして、その手の番組はたいてい、シニアには免許の返納も考えてもらわなくてはいけませんね、と話をまとめます。

そんな事件を人ごとだと思っている人も、いつの間にかに、いや、あっと言う間に、そういう悲劇の登場人物の年齢になるものです。日々の生活での買い物や通院、役所への届出、鉄道の駅までの移動手段など七〇歳の時点で自家用車を運転しないと毎日の生活が成り立たない人は、八〇歳になってもう歳だから、車は要らないと免許を返納できるでしょうか。もちろん、子どもの家族と同居するとか、施設に入るなどという生活上の大きな変化があるならともかく、七〇歳で運転しないと生活が成り立たない生活をしてきた人は八〇代も九〇代でも車が必要になるものです。そうなると生活が成り立ちません。

生活のためでなく、仕事のために運転するので必要だという人は、退職すれば運転は仕事には必要なくなります。それなら、そこで、自分で運転するということをやめて生活を見直したらどうでしょう。つまり、会社を退職したら免許を返上するのです。仕事だけでなく運転をしなければ生活が成り立たないというのであれば、それはシニア時代の生活に今の住まいが適していないということかもしれないのです。運転することが生活に必要でも、運転はできなくなることがあるものです。ですから、退職時からはどこでどういう生活をするのが自分たちに適しているかということを設計し直してみるのです。そして、できるだけそういう生活を先取りしていく。なぜなら、六五歳前後までであれば新しい生活や周りの環境にも適応することも容易だからです。

自家用車がいらないと、ガソリン代に税金、保険代も維持費も不要になります。瞬時の判断がつかない、ブレーキを踏むのがあと少し遅かったら大変なことになっていた、そんな運転での経験をしても車が生活に必要だからと自分を騙し騙し八〇歳過ぎまで運転をし続ける、そんな生活を避けることができます。定年後に考えたいことは免許の返納だけではありません。たとえば一戸建てのマイホームでも三階建てに住んでおられる場合。マンションと違って戸建にはエレベータがついていないことが多い。二〇年後は日々の階段の昇り降りは大変になるんだろうと想像してみることも大切です。

天災の多い日本。いざという時に逃げ遅れないためにと、台風、地震や津波の防災訓練に参加することは大切です。しかし、六〇歳の時点でできたことが、七〇歳の時にもできるわけではないことを受け入れるべきです。足腰は弱くなり歩みは遅くなる。いざとなったら走れるなんてことはありません。誰かに助けてもらえると思うのもやめておいたほうが賢明です。あなたよりも二〇歳、三〇歳ほど年上の人の体力、運動能力を冷静にみてください。家族の命を守るために、今住んでいる家は適当なのか。見直してみるべきです。保険に入って死んだ時にお金がもらえるように備えるのではなく、災害などで死なないように備えるべきなのです。今のあなたではなく未来のあなたのことを考えて生活環境を作り直していくことが必要です。

私は買い物難民で困ってるという人に会ったことがあります。これは、少子化の影響などで、自宅の近くのスーパーなどの商店が閉店して、日々の買い物に困っている人が地方で出ていることから生まれた言葉です。広義の意味では、身体が弱ってしまって日々の買い物に出かけるのが大変になったという人や、大型スーパーや病院に行くのに使っていたバスなどの交通手段がなくなった人もはいると思います。そして、この問題は今や地方だけではなく首都圏、それも東京でも起きている問題です。買い物弱者とも言われます。こうした環境に追い込まれた人でも、なかにはネットスーパーやコンビニの宅配サービスなどをうまく利用すれば問題の多くが解決できるとは思うのですが、そんな考えをちょっと話してみたら、買い物弱者の大多数はスマホもパソコンも使いこなせない人が多いから無理だと一蹴されてしまいました。その通りだと思います。

その時、ある高齢の女性のことを思い出しました。二年ほど前にパックツアーで海外旅行に行った時に、八〇歳を過ぎたご婦人がスマホを若者と同じように簡単に使いこなしているのを拝見してびっくりしました。お孫さんとラインで楽しくコミュニケーションされてしあわせそうでした。何よりもこの人は買い物難民にはならないだろうなあとも思いました。よく使いこなされますねと話しかけると、一〇年ほど前にスマホが発売になった時に、どれだけ便利なのかをテレビで知って、これは将来の生活に絶対に必要となると思ったそうです。そして、年齢を重ねたらますます分からなくなるはずだと思って真っ先に使い始めたとおっしゃってました。

今や車の自動運転の実証実験が始まり、ドローンが街から遠いところへは荷物を運んでくれる時代が来ると言われています。ですから、私の心配ごとは杞憂に終わるのかもしれません。しかし、自分と家族の生活に関わる大切なことを技術の進歩もあるだろうから大丈夫などと放っておかない。国がなんとかしてくれるだろうと他人任せにもしないで、若いうちに自分で見直すことが必要だと思うのです。

こう言うと、「私はもう若くないから」と言われる方がいますが、一〇年経ったら、「あの時は若かった」と必ず言うはずです。人生で今日がこれからの人生の中でいつでも一番若いのです。それに技術革新なども経済の原理など、さまざまなことで思ったよりも遅れることもよくあります。私は子供のころ、それも今から五〇年前、一九六九年のアポロ11号でアームストロング船長が人類初めて月面着陸に成功したときに世界中が大騒ぎしたことは忘れられません。二〇年後は誰もが気軽に月旅行に行けるようになると予想するものが少なくありませんでした。しかし、全くその気配がありません。技術の進歩とそれが生活に根ざすかどうかは、また別物だと思うのです。

4　健康と保険の健全な関係

すぐにでもしてほしいのは、生命保険の確認です

昭和生まれの多くの方が生命保険に入っています。二〇一八年一二月に生命保険文化センターから発表された全国実態調査によると、生命保険の世帯加入率は約八九％。年間の払い込み保険料は三八万二〇〇〇円とのこと。生命保険に対しては、この二〇年あまりで相当の意識の変化があったと思うのですが、それでもこの金額を三〇年払い込みをすると一一四六万円にもなります。家庭の支出としては住居費に次ぐ、教育費などと並ぶ莫大な支出になります。

近年の意識の変化とは、かつての生命保険は今よりも貯蓄商品としてとらえる向きが強かったということ。今は医療保険などを中心に保障重視に変わってきたことです。

生命保険の契約は個々に複雑で事情が違います。それなのにあまり考えずに長いこと高額な保険料（＝掛け金）を支払ってきたという人もよく見かけます。できるだけ若いうち

に、来年などと言わずに、一度お持ちの保険契約を確認してください。

なぜなら平成の初めまでに契約した生命保険の中にはお宝生命保険があるからです。貯蓄型の生命保険が主流だった時代のものです。当時は、死亡保険なら終身型、年金保険、養老年金などいろんな貯蓄型生命保険が主力商品として発売されました。

この貯蓄型の生命保険では契約した時の予定利率が契約期間中で適用されます。一九九〇年に契約された方は、今でも一九九〇年の予定利率なのです。この予定利率は、銀行などの利息とは違うものですが、私たち契約者に取ってみると高い方が得なものと言えます。この予定利率が、加入年度が一九八五年から九二年というバブルの時代のものは、保険期間三〇年で五・五%もありました。それが順次下げられて、今新しく契約すると、拘束力の少ない標準利率というものに変わりました。二〇一八年末現在は〇・二五%です。これでは貯蓄型の生命保険としては魅力がないのは当たり前です。

〇・二五%の時代に、一九九〇年ごろに契約した五・五%の契約をそのまま続けている人がいるのです。みなさんの生命保険契約はどうですか？

いろんな生命保険契約の形があるのですが、もしも加入されているお宝保険契約があるとしたら、その主契約と特約を調べておいてください。主契約とは、その保険契約の土台になるもので、たとえば、終身の死亡保険契約です。特約とは主契約に付ける枝葉の保険契約のことで、たとえば、同じ死亡保険契約でも、六〇歳までに死亡した場合にのみ支払われる期間が定まった（限定された）定期の死亡保険特約や、入院したら一日五〇〇〇円支払うといった医療保険特約などが特約の代表例です。

保険はいざという時に保険契約に基づいて自ら請求して初めてお金がもらえるものですから、どんな契約をしているのか明確にしておかなくてはいけません。

また今は生命保険の見直しブームですが、このようなお宝保険の主契約をうっかり見直して再契約するとせっかくの高い予定利率も現在のもので再計算されてしまうので、十分注意してください。

もうひとつ調べておいていただきたいのが解約返戻金についてです。解約返戻金とは契約を解消した場合、保険会社から支払われるお金のことです。貯蓄型生命保険の場合は、解約する年齢によって異なってきますから、六〇歳の方でも、参考のために、六五歳のとき、七〇歳のとき、七五歳のときというように、年齢ごとにいくらになるのか調べておきましょう。これは契約した生命保険会社に質問すれば教えてもらえます。

特に多いのが夫がいざという時に残された妻のために一〇〇〇万円の死亡保険に入った

場合などです。妻のためにと、生命保険に入ったにも関わらず、妻が先に亡くなってしまった場合はどうでしょう？

当初の保険の目的は果たせなくなります。自分が死んだ後に子どもたちや兄弟親戚に残すか、お金の心配ができたときなどに保険を解約して解約返戻金をもらい残された夫が自分で使うということが考えられるわけです。

先ほど話した主契約についた枝葉のような保険契約の特約は、もしも不要であれば切り落とすこともできます。たとえば、主契約の保険料の支払いは六〇歳で終わっているのだけれど、特約の医療特約については生涯払い続けるもので、その金額が多くて負担だという場合は、特約だけ見直すこともできます。主契約をいじらなければ、お宝保険はそのままで毎月の負担は少なくするということもできるのです。

生命保険は多くの方が高額の保険料を払い込むにもかかわらず、いまひとつきちんと把握できていない場合が多いです。ぜひきちんと調べてください。

最近は生命保険の無料相談をしますという「お店」が全国各地にできています。無料で相談できるのなら、そこで相談してみようという方もいるかと思いますが、そこはあくまでもお店です。保険代理店です。理論武装をしないで出かけていくのはおススメしません。まずは自分できちんと勉強してみる。自分で考えることが必要です。

高齢者向け保険はお守りのようなものです

八〇歳でも入れます。持病や通院歴のある方も入れます。
毎月四五〇〇円で、生涯この保険料は変わりません。

最近、テレビで宣伝されている保険商品のキャッチフレーズにはそういうものが多いと思いませんか？

毎年のようにシニア向けの公的医療制度は自己負担がふえていくし、自分の身体も少しずつガタが来ていると意識したときにそういうコマーシャルを見ると敏感になりますよね。

特に若い頃に、十分な生命保険に入らないままで来てしまったり、生命保険は夫中心のもので、よく見たら妻のためのものがほとんどないことに六五歳をすぎて気がついたりすると、このままで大丈夫かしら？　と不安が増すものです。

テレビのコマーシャルは、一般の消費者のような雰囲気を醸し出したタレントさんがこんなコメントを言うものです。

「もう高齢なので入れないと思ってました」

「子どもに迷惑をかけないように、せめて、お葬式のお金くらいは残したいと入りました」

高齢で、病歴があっても、毎月の掛け金が安い生命保険に入れる。

本当だとしたら、うれしいですね。生命保険に入っていれば困ったときにも助けになってくれるからです。

これらの〝商品〟は、もちろん、生命保険です。

問題は、保険に入ろうと思う人が、こういう時にお金が出ればいいなと思っている場合と、入った生命保険がお金を払ってくれる条件が重なってないことがあることです。

困っているときにお金を出してくれるのが生命保険でしょう?

それが違うのです。保険の契約書に書かれた細かい条件を満たした時にお金を出してくれるのが保険契約なのです。テレビのコマーシャルのイメージだけで飛びつくと、そこに大きな溝が生まれてしまうのです。

では、若いときにさえ読まなかった生命保険契約の約款にあるあの細かな文字を、老眼鏡時代になってはたしてどれだけの人が読むのでしょうか？　また、理解し納得して入るのでしょうか？

生命保険といってもいろいろなのです。

はっきり申し上げれば、お手軽な生命保険というものは、入れることは入れますが、それで大した保障などあるわけがない、と思っていた方が健全です。

それで保険に入っているという安心感は持てるかもしれませんが、それは、価格に見合った保障であり、保険によって、目前に迫った生きものとして受け入れなければならない哀しい現実（老い、病気、死）を避けることはできないものです。

もう一度申し上げます。こういった保険商品は保険に入っている安心感がメインディッシュであり、金銭的な支えは期待ほどはないものです。

つまり、お札、お守りのようなもの、と思っていた方がいいです。

そりゃあ当たり前です。だれもかれもが保険のお世話になる年齢なのです。そういう年齢の人が集まってお金を出して成立している保険です。

みんなに多くのお金を払っていたら保険〝会社〟が成り立ちません。

具体的な例を紹介しましょう。保険料が手軽なある通販系保険会社の場合です。七七歳で女性が入れる生命保険の毎月の保険料は約三四〇〇円です。亡くなった時の保障は一〇〇万円。

つまり、年四万八〇〇円払って、七七歳で亡くなれば一〇〇万円もらえるということです。

いま七七歳の女性が七七歳で亡くなる可能性は一・五％です。

二〇〇人に三人の方が亡くなるということですから、ほとんど亡くならないのです。一〇〇万円もらうのに四万円払うのは合理的でしょうか？

また、この保険には、入院した時の保障はつきません。もちろん入ることはできます。一日五〇〇〇円で六〇日まで出る入院給付金、手術の保障もあります。その毎月の保険料は七七〇〇円です。すると、合計で月一万一一〇〇円。

六〇日の入院、一日五〇〇〇円ですから、最大でもらえて三〇万円です。手術見舞金などで一〇万円がでても四〇万円。その保険のために、毎月七七〇〇円で年九万二四〇〇円。つまり、払ったお金の最大四倍までしかもらえない。ざっくり申し上げて七七歳の女性の四人に一人が二ヶ月も入院する大病をするわけがありません。

そして、この保険の保険料は毎年値上がりしていきます。ちなみに、翌年、七八歳になると死亡保険は三八〇〇円、入院保障は八一〇〇円で一万一九〇〇円となります。毎年値上がりしていくだけではありません。本当に必要な九〇歳以降は続けることもできません。それまで払った保険料は掛け捨てなので戻ってもきません。つまり、平均寿命より長生きしたら一円にもならない。九〇歳になったら、また心配しなくてはならないのです。

七七歳で加入して病院のお世話になったら、七八歳のときにはもう入れません。病歴がつくからです。少なくとも同じ条件では入れないという代物なのです。

年老いてから民間の生命保険に入って、安い掛け金でびっくりするほど多くの経済的な利益を受けようと思うのは少し考えが甘すぎるようです。年齢を重ねれば誰だって医療や介護のサービスを受けることが多くなる。一〇〇〇人に一人だけが運が悪く保険のお世話になるというのであれば、払った保険料の一〇倍以上のお金をもらえる保険もあるでしょう。しかし、九〇歳以降のように、二人に一人、三人に一人がそのサービスが必要となる年代のものを、同じ年代の加入者で支えるとしたら、驚くほどお金がもらえるような保険はありえないものです。むしろ、保険者から集めた保険料から保険会社の取り分を考えると、契約者に廻すお金は限られたものになるはずです。

そういう厳しい現実を私の先輩に話すと、たいていは顔を暗くして、私はただ家族に迷惑をかけたくないだけなのにじゃあどうすればいいの？　と言われます。

毎月一万円の保険料は貯蓄すれば毎年一二万円。翌年はすでに二四万円くらいになります。上記の生命保険の入院給付金の上限は六〇日分で三〇万円です。ざっくり申し上げて二年半以内に病院のお世話にならないのであれば、貯蓄しておいた方がいいはずです。七七歳から九〇歳まで一三年間貯めていけば利息ゼロでも一五六万円になります。保険に入れなくなった九〇歳過ぎ、本当にお金が必要なときにその貯めたお金が使えるわけです。

貯蓄とはいざという時には医療サービスに使うこともできるし、健康で元気ならちょっとした楽しみ、たとえば旅行に使えます。貯蓄というのは、何にでも使える。困った時には困った問題に、そうでないなら楽しい事がらに使えるのです。

先に申し上げたように、生命保険は、生命保険に入っているという安心感はあるのですが、たとえばお金を給付してもらうときにはいろいろと手続きをする必要や、自分じゃもらえると思っていたお金が契約内容での免責事項（保険会社の支払い義務がない）になっていることもあります。

私はそんなよく分からない安心感のために、病気やケガ、もしくは、あの世に召されなくては払われないお金のために大切な老後のお金を使うよりは、スポーツクラブに通うとか、病気の早期発見のための人間ドックを受けるとか、健康増進のためのサプリメントに充てるといったことにお金を廻すほうがポジティブだと思います。

もしかしたら、私が知らない、ものすごくお得なシニア向けの生命保険があるのかもしれません。

そうだとしても、困った時のための保険にお金を使うより、困ったことができるだけ起きないようにするためにお金を使う、健康を維持するために使う方がいいと思うのです。

そして、生命保険金が支払われるときは、たいてい哀しい辛いときです。それは経済的な支えの一部にはなるかもしれませんが、保険では哀しい辛いことを先延ばしすることはできません。先延ばししたいのであれば、もっと日々の生活の健康のために気配りし、そのために必要なお金を使うことです。

毎月三〇〇〇円の少額の掛け金でも、一年で三万六〇〇〇円。六五歳で始めて九〇歳まで、二五年間は入っていれば、九〇万円も払うことになります。

ちょっとした安心感のために九〇万円払うか、その九〇万円を使って楽しむか、いざという時のために貯蓄しておくか。それは、みなさんの判断次第なのです。

愛する人の平穏でしあわせな人生を壊さないために

年をとれば今までできたことでできないことが出てくる。当たり前のことです。そして、自分でできなければ、誰か人の世話になることも仕方のないことです。

老いて弱った親の面倒は育ててもらった子の役目。日本ではそう考える人が少なくありません。

しかし、親子の介護には心暖まる愛情の物語でありながらも、悲劇の側面があることも事実です。妻の介護をするご主人、その生活はほぼ二四時間三六五日介護漬けです。ご主人の老後の平穏でしあわせな生活などありません。もちろん妻と夫の立場が逆の場合もあります。

離婚したあと、仕事を掛け持ちし苦労しながら育ててくれた大切な母親が介護の必要な身体になったときに、子どもとして全力でその面倒をみたいと思うのはよく分かります。

そのために、自らの家族との関係が悪くなったり、会社を早期退職する、よくある話です。先日見たテレビのドキュメンタリーでは、介護のために婚期を逃したり、貧困生活に追い込まれてしまった人をリポートしていました。

その番組を見ながら、こう思いました。理想としては、技術や体力のいる物理的なことはできるだけプロの方に任せて、家族は心のケアを中心に介護するほうがいい。入浴、食事、排泄、着替え。そういったことはプロに任せれば、介護地獄のような環境に陥ることなく、自分の人生も楽しみながら老いて弱った家族の世話もすることができると考えます。そうすれば、介護のために自分の人生を壊すことをしないですむはずだと思うのです。

しかし、実際に介護の経験をした方から、問題はそう簡単でないと指摘されました。介護費用、つまり、お金の問題なのかなと思いました。もしくは、介護をしてくれる人が見つからないのかなとも考えました。ところがそのどちらのわけでもないというのです。介護される本人が家族以外の介護を拒否する。介護のプロのサービスもしばらくすれば慣れて受け入れるかと思ったら、いつまでたっても嫌がる。時には暴力もふるって拒否するというのです。こうなるとプロもお手上げです。尋常ではありません。

しかし、その気持ちもよく分かります。他人に身体を触わられるだけでも、不快な気分になるのに、服を脱がされ裸を見られ、下半身や胸なども洗ってもらう。時には排泄の世話もしてもらうこともあるわけです。羞恥心のある大人にとってはそれらに抵抗感があるのは当たり前です。本当は家族にされることだって嫌なものなのです。それがましてや他人です。気持ちのコントロールができない状態のときには、手のつけられないこともあるでしょう。頭では分かっていても心がついていかないのです。

しかし、中にはそういうサービスをちゃんと受け入れられる人がいるのも事実です。みなさんはどうなるでしょう？　もしも身体の自由が奪われて、そうした介護のサービスを受けなくてはならないときに、すんなり受け入れられますか？

感じの良い人なら、なんて条件は付けてはいけません。プロは余計な感情を抜いてやるからサービスをすることができるのです。これからは、サービスをしてくれる人が外国の人ということもある時代です。

そう考えると、自分の心の細かい機微を知ってくれている家族に世話してもらうのがいいなあと思うものです。それが人情です。しかし、それは世話をする方にとってみると大変なことなのです。介護のために二四時間自分の時間もなく肉体的、精神的に追い込まれる地獄のような生活を過ごす人がどれだけ多くいることでしょうか。

できれば、愛する家族を介護地獄に追い込まないようにしたいものです。どうすればいいのでしょうか？　答えは分かりません。ただ、元気な若いうちから他人に身を任せる経験、他人に自分の醜態をさらす経験をしておく。慣れることが必要だと思うのです。温泉やお風呂屋さんで他人に裸体をさらけ出す。肌の露出の多い水着を着る。全裸のオイルマッサージを体験してみる。そのほかいろいろ。そんなのなんてことないじゃない、と言う人も多いと思います。しかし、反対に嫌な人はトコトン嫌なものです。もしも、あなたがトコトン嫌なタイプの方であるのなら、少し考えていただきたいと思うのです。

他人に身を任せることへの抵抗感が少なくなれば、介護をしてくれる人の気持ちを考えて関係性を作る余裕も生まれます。うんちの世話をしてもらってありがたい。重たい身体を持ち上げて風呂に入れてくれて申し訳ない。お金を払っているから当たり前でなく、ありがとうの気持ちになります。すると、その気持ちは相手にも自然と伝わり赤の他人の関係からちょっと変わります。それが、どれだけあなたのシニアライフの心の平安につながるか。そうした関係をあなたの家族が知ったら、他人に介護を任せているということに対する心の負担がどれほど減るか。

もちろん、老後のためのお金の準備も大切です。しかし、それと同じくらいに大切なのは老後になってもしあわせでいられるような心の準備だと思うのです。それは、そのときになったら、何とかなるさに任せるのではなく、しあわせな生活を送れる心の準備をする技術や練習をしておくことが必要だと思うのです。

五万円を生命保険に使う人、高級人間ドックに使う人

みなさんは病院に行くのは好きですか?

私は嫌いです。わたしの両親も嫌いでした。母などは体調が悪いのに、これは風邪だ、これは、ちょっとした何かだと勝手に自分で判断してしまった。自分の身体のことは自分が一番よく知ってる。医者嫌いの人がよく口にする言葉です。

いっぽうで、現代の医療の進歩で、たとえば、ガンは不治の病ではなくなりました。日本人の二人にひとりがガンになる時代です。ただ、早期発見をしないと命を救うことはむずかしいと言われます。こんなことは誰でも知ってることです。

病状が進んでから、「先生、何とか父の命を救ってください」そう懇願するときには手遅れなのです。

もちろん、お医者さんはプロとして最善を尽くそうとしてくれるでしょう。

もちろん、奇跡的な回復をすることもあるでしょうし、高齢で病気の進行が遅く、思ったよりも長生きできることもあるでしょう。それでも、どうにもならない状況に追い込まれることがあります。

そうすると、困ったときに、人と言うものは神頼みをします。

ある時、私はこんな夢を見ました。

医師に深刻な病を宣告されたある男が自分の信じる神さまに祈りました。

「何とか助けてください」

すると、神さまは、天国からこう言ってきました。

「わたしは何回も貴方に声をかけましたよ。病気になる前に、健康的な生活を心がけなさい。聞こえませんでしたか？」

「はい、聞こえてました。体重を減らそうとか、塩分の少ない食事をしなくちゃって。思いましたよ、でもできなかったんです。どうか助けてください」

「わたしは、あなたができないのを見て、あなたの妻や子どもたちを通して、お父さん、健康に気をつけてって伝えてもらいました。それをあなたは何と言いましたか？」

「うるさいと言ってしまいました。何回も言ってしまいました。すると、妻も子どもも呆れ返って何も言ってくれなくなりました」

「それだけじゃないですね。太く短く生きるんだとまで言ってませんでしたか」

「すいません」

「あなたは、このままの生活を続けていたら、いつか病気になると自覚していたんじゃないですか？」

「何で知ってるんですか？」

「そりゃ、知ってますよ、毎年の初詣で一〇〇円玉を賽銭箱に投げ込んで、今年も健康でいられますようにって、墓参りの時も、ご先祖様、健康でいられますようにって、いつもいつも心配してたでしょう。健康的な生活ができないし、病気になるかもしれないと自覚もしている、わたしはそんなあなたの健康と命を心配したし、病気の兆候も分かったので、わたしはあなたに病気を早めに見つけてもらおうと健康診断や人間ドックに行くように言いましたよ」

「はい、家族からも言われました」

「何で行かなかったんですか？」

「わたしは医者が嫌いなんです。大嫌いなんです」

「病気になるかもしれない、いやなるだろうと思った貴方がしたことは……」

「病気になったらお金がもらえる生命保険に入りました。ほら、いざという時のための努力を私もしました。病気になって入院すれば、毎日一万円、死んだら一〇〇〇万円」
「保険はあなたが病気にならないようにしてくれるものですか？　長生きできるようにしてくれるものですか？　病気を早期に病気を発見してくれるものですか？」
「病気を心配し、健康を心配して……」
「あなたは、病気になったときのお金の心配をしただけです。あなたはこれから三〇日間入院し、手術も受けますから、その給付金も保険からでるでしょう。全部で五〇万円。その後、すぐにあと一〇〇〇万円もらえます」

これは、若くして母が亡くなったあとにみた夢です。

私は病院が嫌いです。怖いです。私は、できるだけ健康的な生活をすることと、医療機関に行きたくないという自分のハードルを下げるために努力することにしました。病気になったときにお金がもらえるよりも、病気にならないようにする、なったとしても早期発見できるようにする。できれば自覚症状がでない初期段階で病気を発見したい。

こうした優先順位を考えたときに、私は生命保険よりも、愉快でなくても、楽しく心地よい人間ドックを提供してくれる一流病院を見つけること、少しの心配でもすぐに相談に行けるホームドクターを見つけることにしました。

見つけた人間ドックは一回六万円くらいと高額です。ただし、一流ホテルの受付のようなところで、すごく気を使って丁寧にやってくれて、検査の終わりには東京を代表する超一流ホテルの食事をいただけます。

ですから、出かけるのがそれほど苦痛でない。居心地のいい高級人間ドックにお金を使っている私の判断は間違っていないと思います。

もちろん、検査と言えども、人間のすることですから見落としやアンラッキーなこともあるかもしれません。しかし、それでも、私は病気になったときにお金がもらえることにお金を使うのではなく、病気にならないために、少なくとも早期発見するためにお金を使いたいのです。自分なりの努力と工夫をして後悔を少なくしたいと思ってます。

病院には笑顔でおしゃれをしてちょくちょく出かけましょう

毎日の生活を健康的に生きること、そして、病気を早期発見すること。これが人生を長く謳歌するために必要なことです。病気の早期発見に必要なことは、定期検診と少しでも不安なことがあったら自分で判断しないでプロの医師にできるだけ早めに診てもらうことです。

私は医療機関に行く度に、こりゃ大変な仕事だと思うのです。私の母の家系には医者が多くいます。新潟でそこそこの診療所を経営し医師をしていた伯父には跡取りがいないので、高校くらいまでは祖母からも母からも医者になってほしいと言われました。

今は医師にならなくて良かったと思っています。人の生き死にを扱う究極のプレッシャーにさらされ、死をも宣告しなくてはならない仕事です。患者に感謝されることもあるでしょうが、憎まれたり恨まれたりすることも多い。山崎豊子の『白い巨塔』のようなことはなくても、年がら年中、人の哀しみ、絶望、苦しみと付き合わなくてはいけません。死と関係ない時も病院は暗く重たい雰囲気に覆われている。笑いなどほとんどありません。

また、医学は常に進歩していますから、新しいことを学び続けなければなりません。さらにインフォームド・コンセントの時代です。医学の知識のない人に病状を説明し、治療の方針や選択肢を話して理解してもらう必要もあります。

それを、やれ五分しか診てくれなかった。やれ一時間待たされたと不満を口に出して他人にまで聞こえるように言う人や、会計で今日はA医院でいくら〝取られた〟などと思う人がいる。これには驚かされるばかりです。医療機関だけでなく、商品やサービスを何か得て、それに対して払ったお金を取られたなどと言ってはいけないと思うのです。下品です。取られたと言っていいのは詐欺や泥棒にあった時だけです。

医師をはじめとする医療機関の仕事をぜひ医師や看護師さんらの立場になって見ていただきたいのです。どれほど大変な仕事でしょうか。それで私は決めたのです。医療機関にいくときは、必ず笑顔でいく。その場を楽しい雰囲気にする会話を心がける。少しおしゃれをしていく。歯を磨いて、時間があればシャワーを浴びて加齢臭もないようにしていく。重く暗くなりがちな診察室の空気を少しでも明るくして帰ろうと思うのです。

まずは先生や看護師さんから「お大事に」と言われた時に、「みなさんこそ大変なお仕事ですから身体を大切にされてください」と返すことから始めました。

千葉県の佐原に世界遺産の大祭を見物に行ったときに、お土産でいろいろと買ったのですが、特産のごま油、一〇〇〇円ほどのものですが、それをかかりつけ医に渡したら目を丸くして驚いてくれました。二ヶ月くらいして再び診てもらったときにも覚えていてくれて「ありがとう」と言うのです。「そんなに言ってくださるならもっと高いものを持ってくればよかった」と言ったら、診察室中が大笑いになりました。

地方の出張の帰りに頭痛がして、これは子どもの頃から数年に一度あることで気になっていたのですが、病院嫌いなので行かなかったものですが、この先生なら気軽に話せると診てもらった。そうしたら、ＭＲＩを撮ってみなさい、自分では判断しかねるから、この辺りだと××大学病院の脳神経外科のＩ先生が名医だから行きなさいと言ってくれる。どこかいい歯医者はありませんか？　と聞くと、僕も見てもらってる××先生のところは、歯をできるだけ抜かない、治療方針もきちんとしているから行ってごらんなさい。僕からの紹介と言っていいよとなる。出かけてみたら本当にいい先生なのです。

脳神経外科のＩ先生はネットで調べると名医として名高いだけでなく、とても慎重です。今のところ問題はないけれど念のため一年後にもう一度、検査しましょうと言ってくれるのです。

ちょうど人間ドックで一度は脳検査を見てもらおうと思っていた時で、こうして保険適用となり費用も相当抑えられました。また定期的に検査をしてもらえるようになったのでひと安心です。

世の中はホームドクター制度の時代です。私は自分だけが特別に扱ってもらいたいなどとは思っていませんが、顔なじみの優秀な医師といい関係を作れれば、医療機関に行くハードルが下がる。あの先生なら診てもらいたい。またちょっと会ってみたいとなれば、気になったらすぐにでかけられます。

そして、医師だって人間です。この人は何とかしてあげたい、助けてあげたいと思ってもらえれば、その思いは診察を受ける側にも伝わります。気にしてもらえれば顔も名前も覚えてもらえます。ホームドクターは家の近くの医療機関で自然にでき上がるものではなく、時間をかけて作り上げるものだと思います。

相手の立場にたって心を込めて関係を作っていく。こんな当たり前のことが、こんな大切なところでも通用するのだと思いました。

私は、身近な医師と良い関係を作ることはとても大切だと思うのです。それは、診てもらう私たちのほうから始める必要があり、病気になる前から始めるのが一番です。

5　終活をはじめる前に

父の再就職物語

父は一九三〇年に比較的裕福な家に生まれ、東京外国語大学を卒業後、一流企業に勤めました。そんな父は、生まれ故郷の長岡のマンションでひとり死にました。楽しみにしていた第二回ワールド・ベースボール・クラシック、巨人の原監督が侍ジャパンを率いたあの大会の直前の二月の寒い夜に死んだ。父は再就職に失敗し、ひとり寂しく死んだのです。

私が幼い頃、家での父はいつも上司の悪口を山ほど言っていました。毎日言うので、私は上司の名前もニックネームも覚えてしまいました。上司の中には、その後、日本のリーダーになった人もいて、その仕事のやり方は広く世の中に知られるようになりました。私にはその仕事の進め方は誠実で、父に分があるとは今も思えないのです。

社宅に住んでいたとき、まだ小学二年生だった私に母が時々こう言いました。同僚や上司の奥さんから、一緒に働きづらい、使いにくいとこぼされた、と。母はそれを父に言うことはしませんでした。機嫌が悪くなり、酒の量が増えるだけだと知っていたからです。それでも自分だけで受け止めるのも大変だったのでしょう。きっと幼い子どもに言っても分かりゃしないと、まだ一〇歳にもならない私にこぼしたのです。

ところが私は母のそんな気持ちを理解していました。中身はともかく、父のことで困った、辛いということは伝わるものです。

高度経済成長の時代、巨人戦が毎試合テレビで中継されていました。父は毎晩のように酒を呑みながらテレビの向こうの巨人選手にうっぷんをぶつけていました。大相撲の中継も、ボクシングの世界戦でも同じ。きっと父は会社勤めが辛かったのでしょう。あまりにもでかい声なので本当に嫌だったものです。

あれじゃあファンであるはずの巨人の選手でさえ、みなボンクラで、横綱、大関にふさわしい力士はひとりもいないことになってしまいます。

小学校も高学年にもなると、何でもかんでも文句を言ってる父に嫌気がさしてしまいました。母は「お父さんは大変なんだから」と繰り返し諭してくるのですが、それは「仕事は何でも大変なんじゃないの？」という生意気な子どもの反論に瞬殺されました。それに母自身も嫌気がさしているのは手に取るように分かりました。時おりガマンしきれなくなるのか母からも批判の言葉が出ることがありました。

数年すると父は親会社から関連会社に転勤を命じられます。左遷です。ところがそこでも上手くいかず数年すると外資系企業に転職しました。転職先でも最初は営業や企画などの花形セクションでしたが、数年でバックオフィスの管理部に廻されました。バックオフィスでは上司もいません。仕事をこなせばいいだけ。そして、淡々と仕事をして退職まで働きました。当時は人材難でまた父の世代で語学の能力がある人はそう多くなかったから解雇されることはありませんでしたが、今なら間違いなくリストラの対象になっていたでしょう。年功序列の給与体系だったから四〇代の半ばには課長職でも年収一〇〇〇万円前後になっていました。そうして六〇歳で定年を迎えたのです。

普段はテレビを見るならスポーツ観戦ばかりだった父は、めったにドラマを見ませんでした。そんな父が黙って涙を浮かべながら見る作品がありました。鶴田浩二が主演し、山田太一が脚本を書いたＮＨＫドラマ「男たちの旅路」です。警備員の主人公が社会のさまざまな問題と向き合い誠実に生きるさまを描いた作品です。父はそんなドラマを見て、こういう社会を支える仕事をしている人たちのほうがよっぽど温かいと思ったのです。六〇歳で定年を迎えると会社に残ることは選択せず、理想的な人間関係があるはずの警備員の仕事につきました。しかし、そこはドラマと違って本当の駐車場の警備員です。生き残るために必死に働いている人ばかりで泥臭く夜勤もある大変な仕事です。すぐに父から同僚の悪口が復活しました。そして半年も続かず辞めました。今度は高学歴で一流企業出身の自分を大切に処遇しなかったことに腹を立てていました。

若かった私はどこでも上手くいかない父にうんざりしました。今から考えると父は大人に成りきれていなかったのかもしれません。父は友だちと呑みにいったり遊んだりすることもなく、同窓会にも出たことがありません。親戚付き合いもほとんどない。家族とも上手くいかなかったし、父の葬式には、兄弟さえ来ませんでした。晩年、ひとりになった父が頼った長岡の実兄だけが葬式に顔を出してくれただけです。

社会に出て自分のことを振り返ると、父に似ているところが山ほどあることに気がつきました。いろんなことを理不尽だと思ってしまって受け入れられないのです。それでは仕事は上手く行かない。

そんな自分がとにかく頑張った時期が三回あります。

三〇代の初めに経営コンサルタントの事務所で徹底的にしごかれました。何日仕事に取り組んでも一向にＯＫが出ずに逃げ出したいと何回も思いました。仕事ができるまで泊まり込んでも取り組めと言われ一週間以上オフィスに寝泊まりしたこともあります。大変だった。けれど踏ん張れた。とても知性の高い人が上司だったので、なぜダメなのかを瞬時に指摘してくれたからです。

三〇代の中ごろに月刊誌にルポルタージュを寄稿し始めたときにも、担当編集者にしごいてもらいました。最初は自分の文章の何がダメなのか分かりません。担当者も編集部に泊まり込み原稿を待っていてくれるので二日ほどは徹夜でも投げ出すわけにはいきませんでした。二〇〇枚の原稿を仕上げるのに三〇〇枚くらい書いたこともあります。

四〇代で厳しい演出家のもとで芝居に取り組んだこともあります。プロの役者ばかりの中に混ぜてもらいました。こちらは初心者なので演出家の厳しい指摘が分からない。指摘に対応しているつもりなのですが、厳しいダメだしが続きました。しかし、ある壁を通り越したあとには、演出家のダメだしの正当性も分かってきました。

何ごとも当初のうちは自分の持ってる能力では課題の解決はできないものです。言うことも分からない。ただひたすらガマンして繰り返し身に付くまで頑張るしかない。なぜダメなのか理解する能力のない時には、それが理不尽だと思ってしまうものです。その暗く長いトンネルを抜けないと一人前になれないのです。

六〇過ぎの父には、警備員の現場も理不尽に思えて受け入れられなかったのでしょう。

少子高齢化で労働力不足の日本は外国人に人材を求めるだけでなく七〇歳過ぎのシニアまで働ける環境を作ろうとしています。労働力不足なので働きたいと思う人にはいい時代です。老後の生活資金の不足にも役に立ちます。しかし、そのときに立ちはだかるものがふたつあります。

ひとつは健康。もうひとつは、理不尽に思えることにも耐える力です。これがむずかしい。特に半世紀近くも社会で働いてきて自負もあるシニアにとっては高い壁です。新しい職場で自分のやり方、自分流を通したいと思っても無理です。今まで築いてきたものを一度ゼロにして取り組む忍耐力が必要です。自分より若い人に、時には叱られながら、現役時代よりも安い給料でこき使われる。自分のやりやすい方法ではなく、組織のルールで仕事をする。それに耐えられる人だけが老後も働くことができるのです。

この理不尽を受け入れていく能力。それは、数々の職場で不平ばかりをいい、転職を重ねた父にはついに身に付かなかったものです。

無理して生きがいを見つける必要はありません

退職したあとは第二の人生。何十年もの時間があると言われます。その時を無為に過ごさないために生きがいが必要だ。とかく、日本人は会社人間で、自らの趣味ややりたいことがない。生きがいがない。

こうした生きがいを持たない人への批判があります。それはもう何十年も前から言われてます。それで、五〇歳前後の人たちは第二の人生に向けて生きがいを見つけなくては大変だとあわてます。第二の人生を有利にしたいから資格取得のために疲れた身体で勉強を始める人、六〇歳になってから大学に入り直してみたり、入学試験を受けないまでも大学が市民向けに開校しているコミュニティカレッジに通う人も大勢います。テレビやラジオの通信教育に取り組む人もいます。ボランティアや観劇やスポーツ観戦、そば打ちに俳句や陶芸。もう残りの人生の時間を埋めるために必死です。

生きがいややることを持ってないと人生の落伍者のように思う方もいるようです。

本当にそうでしょうか?

私が子どもの頃にはご近所にご隠居と言われる人がいました。とにかく一日をのんびりと過ごしている。散歩をし、出会ったご近所の知り合いと談笑し、縁側でお茶を飲み、空や花木をぼけーっと眺めたりしている。夕方になると、大相撲の中継を最初から見てる。老眼鏡をかけて新聞を一時間以上もブツブツ言いながら読んでいる。予定はそれほど多くなく、ふわっとした時間ばかりです。

そういう生活は否定されなくちゃいけないのでしょうか。

やりたいことや生きがいは、必死になって探すものではなくて、ふつふつと自分の内面から湧き出てくる類いのものだと思うのです。なければないでのんびり時間をすごしていくのでも構わないのではないでしょうか。

そんな生きがい探しをするよりも、しなくてはならないことがあります。特に男性に言えることですが、日々の生活力をつけることです。これは、切羽詰まった緊急課題です。

掃除洗濯、簡単な調理といった毎日生きていくのに必要な最低限のことは、多くの場合で、妻がしてきたことかもしれませんが、夫もできるようになることは非常に大切です。

妻に先立たれるかもしれないし、妻の介護が必要になるかもしれない。六〇歳をすぎてから離婚を切り出されるかもしれない。そういうときに、毎日のことを自分でできるかどうかということは死活問題です。もちろん、そういった家事全般のことをしてくれる人を雇える経済力があればいいですが、ほとんどの人にとって無理なことです。また、家事を習得することで、妻にも自由な時間を作ってあげられるようにもなります。

会社勤めが終わったからと自由な時間を持てるのは夫だけです。それに対して主に妻が担ってきた家事は生涯続きます。それを当たり前とするのは如何なものでしょうか？　せめて月に何日か、妻にものんびりさせてあげるのが、夫婦で築いてきた家庭に必要なことではないでしょうか。繰り返しになりますが、それは、夫自身の生活力の向上にもなります。いざとなったらやるし、できる、家事はそんなに甘いものではありません。

年老いたら子どもに面倒を見てもらう。そんな考えも早く捨ててください。子どもには子どもの人生があります。

自分も親の面倒を見たのだから順番で当然だと思うのなら、当時のことを思い出してください。自分のやりたいこと、したいことを山ほどガマンしたはずです。それを子どもにもさせたいですか？　そんな嫌な当番はあなたで最後にしましょう。

趣味こそリスク分散が必要です

無理して老後の時間を潰すために趣味を見つける必要などないと思います。日本人は何ごとにも一生懸命になってしまうので、ゆったりのんびり趣味を楽しむというよりも、たとえばシニア大会で上位に入賞するなどという目標をすぐにもってしまい頑張り過ぎてしまう。

自分はそんなことはない。人と争うのはもう十分でのんびり楽しんでいますよというのは大変良いと思います。それこそ賢人。テレビ番組に出たときに、司会のビートたけしさんが老後はフランス人のようにのんびり何もしないで……と言ってましたけれど、それでいいんです。

そんなことを語っていたら、ある女性から叱られました。

「佐藤さん、余計なことを言わないでください。ウォーキングでも、バードウォチングでも、いやコーラスとか囲碁とか、大学のシニアコースでもいい。とにかく、夫が何かやりたいことを見つけて、一日中、家にいるなんてことにならないようにしてもらいたい」

「外国の邸宅じゃないんだから、家にいられたら、顔を合わせなくちゃいけないし、お茶を入れてくれとか、いつまでも用事を言いつけてくるに決まってる」

「働いてくれてるときは、平日は会社に行っていて、顔を合わせなくていい。そんな適当な距離があるから夫婦でいられるんだから。一日中家にいるなんてなったら、熟年離婚にまっしぐら。佐藤さん、人の家族を壊したくなかったら、趣味を持ち活動的にしましょうくらいは発言してください」

そんな話を何人もの方から聞いて、私はその度にニヤニヤしながら、まあそうだよなあと思いました。きっと、この女性たちは趣味を持って活動的に過ごすんだろうとも思います。

ということで、この本の他のページとは矛盾する考え方ですが、シニアになったら、やっぱり趣味は必要だと考えておられる方にひと言申し上げたいと思います。

よくスポーツが好きだとランニングにゴルフ、テニスとスポーツにだけ趣味をもたれる方がいる。自分が好きなのは鉄道だと鉄道写真だけにのめり込まれる方がおられる。

好きだからやっている。それが趣味というものです。だから趣味が偏るのは当然です。

ただ、そこに危険も潜んでいるのです。

もしも、趣味を自分の残りの人生を賭けて取り組むもの、老後の時間を豊かにするための「手段」というように考えておられるのであれば、その選び方について少し注意していただきたいのです。

なぜなら、老後の趣味は時に続けられなくなることがあるからです。

たとえば、スポーツばかりに趣味が偏っていると、何らかの病気やケガなどで身体が思うように動かなくなった途端にすべての趣味がその人の人生から奪い取られてしまいます。読書ばかりが趣味ですと、視力の低下とともにどんどん辛くなっていく。でも読書だけでなく俳句や映画や音楽鑑賞が趣味の一部であれば、奪い取られるものは一部で済みます。

また、趣味を持つ楽しみのひとつが人との交流だということであれば、ここでも一工夫が必要です。たったひとつの趣味だと、つながりもたったひとつになってしまいます。だから、つながりをいくつものグループで持つほうがいい。深すぎず近すぎずの人間関係を多く持っておきたいものです。

たとえば、ひとつの写真のサークルだけに入っていて、自分とどうしても気が合わない人ができてしまった、人間関係の問題で行きづらくなってしまった。ひとつしかない行き場所を失うと、つながりがすべて奪われてしまいます。

趣味は常に夫婦で同じものを持つという人もいます。どちらかが先立ったあと、趣味を続ける度に思い出し、いつまでも哀しみの中にいることになってしまうということもあるでしょう。

そんなリスクに備えて、いくつかの趣味と、いくつかの人間関係を築き、自分の持ち札をバラエティ豊かにしておきましょう。

言わば、老後の楽しみ＝趣味のリスク分散です。もしも、趣味は老後の生活にとても大切だと思っておられるのであれば、何か起きたときにすべてが奪われることがないように工夫をしておく必要があるのです。

スポーツをするだけでなく、スポーツ観戦、将棋や囲碁などのゲーム系、音楽や映画鑑賞、自分史に取り組んだり、写真や絵を描くのもいいかもしれません。また、特定の人ばかりとの人間関係にしないように努めて意識しましょう。すべての趣味を夫婦で共有しない。そんな工夫を少し考えておくといいかもしれません。

趣味のことまでいざという時のことを考えておく、というのは少しナンセンスな感じもします。お金にならないのに好きだからするのが趣味だからです。ですが、頭の片隅にちょっとそんなことも考えておいてください。

副業は本日から始める

いろんな考え方、生き方があっていいのです。

のんびりシニアライフを楽しみたいと考えるいっぽうで、引退するのは真っ平ごめん。生涯現役のままで仕事を続けたい、そう言う考え方をする人は少なくありません。さらに、定年後に新たな職業を持たれる方もいます。その仕事のために、学校に入り直したり資格試験に挑戦する。もう人に使われるのではなく、自分で好きなように仕事をしたいと、退職してから自分で会社を立ち上げる人もいます。現役時代に培った人脈があるから何とかなるのではないかと思うのでしょうか。

どんな事業をされるのかは別として、毎月ある程度でも利益となり収入になるのであれば、今後の生活を支えてくれることは間違いありません。しかし、実際にいくらになるのかというのはやってみなければ分からないものです。新たに会社を立ち上げる、つまり、新たな投資をして経済的に見合うのかどうかは、仕事を始めて何年かして始めて分かるものです。いろいろな課題や、取引先の開拓、事業の肝になることも、立ち上げ前の見込みと実際には差が出ます。自信があるからと大切な退職金の多くを投資して失敗してしまうと、シニア時代の生きがいも経済的な支えも失ってしまうことになります。

会社を立ち上げるわけでなくても、たとえば、作曲したり、小説や文章などを書いていきたい、写真で少しでも稼いでみたい、そういうクリエイティブなことに興味がある方もいるのかもしれません。もしくは、今のネット環境を利用して個人で雑貨などを輸入し販売する。便利屋のようなことをする。語学の能力があるのなら翻訳をするのもいいかもしれません。

それらも、会社勤めは終わった。ではやってみるかと、六〇代も半ばになって始めるのでは、その選択が正しかったのか、続けていけるのか、何らかの技能が必要だったり、法的な制限や資格を取る必要があったりと、事業を進める上で必要なことを知るまでに時間がかかってしまいます。ですから、副業は定年を迎えてから始めるのではなく、定年が近づいてきたなあと思った頃から少しずつ始めておく方がいいと思います。副業は退職したあとは本業になるのです。他の仕事もしているからこそ副業なのです。

つまり、業として成立するのかどうかを見極めるために、今日から少しずつ調べ、できる範囲内で始めてみることがおすすめです。本格的に活動するのはシニアになってからだとしても、準備や助走は現役時から始めるということです。もちろん、会社員として副業が禁止されている以上、会社のルール、許容範囲内で行うことになりますが何年かやっていく上で蓄積される経験や知識も貴重なものになるはずです。

さて、副業をするときにひとつ頭に入れておきたいことがあります。それは、やってみたら案外いい収入になったといううれしい悲鳴が起こった場合の公的年金のことです。六五歳から年金をもらい始めていたら、立ち上げた仕事で収入が思ったよりも多いために年金の支給額を減らされたということが起こりうるからです。収入がある程度になるなら、年金の受給年齢を繰り下げたほうがトクです。しばらくは年金をもらわないようにして、たとえば七〇歳からもらうようにすれば、もらう毎月の年金額も増えるからです。

年金を前倒しして受給したい場合、その請求は申し出が必要ですが、年金の繰り下げは六五歳になって年金受給の申し出をしない限り、支給は開始されません。その分、自動的に繰り下げになります。

やってみたい副業は今日から始める。準備し研究する。これは、きっと副業だけでなく、たとえば定年後にボランティアなどで社会貢献をしたい。趣味を深めていきたいという場合も同じでしょう。時間ができてから、始めるのではなく、将来に向けて少しずつ始めていくことを心がけたいと思います。ボランティアをするにしても、どのような貢献ができるのか、そのために学んでおきたいことを調べておく。また、いろんな団体をのぞいて見ることによって自分に合った団体を探すこともできるでしょう。

最後に副業をするときに、ぜひ考えていただきたいことがあります。それは初期投資と固定費に関しては慎重になることです。とかく男性は事務所を開き、秘書や従業員を雇ってきちんとした会社の形態を整えることばかりにこだわってしまいます。自宅を利用して、個人事業としてまずはお金をかけずにゆっくりと始める方がいいものです。もう十分働いてきたのです。欧米のようにリタイアしてのんびりとした時間を楽しむご隠居生活をしてもいいのです。それでも働くというのですから、無理をせずストレスのかからないペースで赤字にならなければいいと思うくらいでスタートさせたいものです。

事業と社会貢献の中間のような気持ちで始めるのもいいでしょう。もっと稼ぎたい、と思って取り組むのも個人の価値観ですから構わないですが、長年生きてきて自分がそういうことが向いているかどうかはもう十分お分かりだと思うのです。シニアライフを充実させることが第一目標で、収入は二の次くらいでいきたいものです。

海外旅行は次の休みからした方がいい

定年になったら夫婦二人でいろんな海外を廻りたい。

六〇歳を過ぎた夫婦の多くが考える第二の人生の楽しみのひとつです。いまの海外パック旅行は個人で旅をするよりも相当に割安で、熟練の添乗員がついています。適度なフリータイムが組み込まれているものもありよく考えられています。通常の時期であれば、だいたい一ヶ月くらい前までは何の違約金も支払わずにキャンセルができるのもうれしいところです。二人でスーツケースを抱え、ガイドブックを片手に慣れない海外で迷いながら個人で旅をするよりも、面倒なことはすべてプロに任せ、憧れの海外の名所で二人笑顔で記念写真に入るのはいい思い出になるものです。

特におすすめしたいのは、多少の自由時間などがあったとしても、大部分の行程がツアーで決められているお任せ系のパック旅行です。

そして、可能であれば定年を待ってなどと言わずに、会社に頼んで休みをもらい今すぐにでも出かけることをおすすめしたいくらいです。自分がいないと会社が廻らないなどと考えるのはやめましょう。九五％以上の現場はあなたがいなくても何とかなるもの。大丈夫ですから休みを取ってほしいのです。

それが五〇歳前後、四〇代の後半の夫婦であれば、ことさら素晴らしい経験になると思います。

常日頃は忙しく、ゆっくりできないけれど、二人での数日間の海外旅行。どんな感じの旅行になるでしょうか。たとえば五泊七日の時間。多くの方は長年、日常の雑事や他の家族や人間関係から解放されたことは、ほとんどないまま過ごして来ているのではないでしょうか。ですから、この旅の時間は、新鮮な時間になること請け合いです。

若いうちに二人のツーショット写真を撮っておくのもいいことですし、海外旅行は行く前も、行った後も何回も思い出すことができて楽しいものです。

あなたの人生が九〇歳まであるとして、七〇歳で旅した場所は二〇年間、その思い出を楽しむことができます。それが、五〇歳なら四〇年間も心はいつでも旅した場所に飛ぶことができるのです。テレビで尋ねた場所が放送される度に、その時のことが蘇るのです。

行き先は、あまり細かくこだわらなくていいのです。何しろ日程と予算で制約されますから、無理のない範囲で決めていくと、それほど選択肢もないものです。そして、そんな適当な決め方でも旅はいいものなのです。なぜなら、修学旅行や新婚旅行、友人や家族で出かけた旅行であったとしても、観光名所そのものをなつかしく思い出すよりも家族や大切な人と同じ時間を共有したという笑顔の記憶が旅行のメインディッシュのはずだからです。

私は旅好きで世界各国旅行してきました。もう七五ヶ国以上です。旅の本も何冊も出しました。それらもパック旅行で出かけることが多いのです。旅していると面白いのは、旅の途中から参加者の多くから観光の興味が薄れていくことです。スイス旅行のハイライトである氷河特急や、ローレライでおなじみのドイツのライン川下り。多くの人がその時間に憧れて何十万円というお金を払って旅行に参加しているはずなのですが、車窓からのスイスアルプスの絶景も、川岸に見えてくる古城にも目をくれずツアーで出会った人たちとひたすら笑顔でおしゃべりに興じています。そして、旅の最後には、旅の始めにはまったくの見ず知らずの人だった人たちと一緒に記念写真を撮るようになる。そういう少し不思議な光景を毎回見ています。

海外パック旅行は、少ないもので一五名くらい、多いと四〇名近い参加者がいます。同じツアーに申込んでいることは、参加者の誰もがそのツアーの費用を払うだけの経済力を持った人たちということです。年齢も社会的な立場も違いますし、夫婦、家族、友人、ひとりと参加の形態も違うのですが、経済力だけは大きく違うわけではないのです。そんな見ず知らずの人たちと、何日間も同じ行動をとることになる。考えてみるととても不思議な時間なのです。

たとえば、ヨーロッパやアメリカのツアーの大部分は六泊八日。朝の八時過ぎから、毎日一二時間、バスに乗り、観光名所にいき、食事をする。他人だったはずなのに三日目くらいから朝食会場での挨拶も始まります。また、旅をしていくうちに、参加者の人がらや考え方、共に旅する人との関係、いろんなものが透けて見えてくるものです。なぜなら、多くの人が社会人としての最低限のマナーは守りながらも、旅の終わりにはまた他人に戻ることを知っているので、ほぼ無防備で旅をしているからです。その関係に余計なしがらみはありません。ですから、いろんなことが透けるのです。

たとえば、三五名いるツアーであれば、少なくとも一二、一三組の夫婦がいます。旅行中に、他の夫婦のそれぞれの関係にいろんなことを見ると思うのです。そして、自分の人生と照らし合わせて、ああだ、こうだと思う。二〇年後の自分はいったいどうなっているだろうと、年上の参加者を見ながら考えることもあるでしょう。

旅の中ごろからは、仲良くなった人と会話が弾みます。家族、仕事のこと、悩みや心配ごとを打ち明ける人も少なくありません。反対に無理やり話しかけて来て、ひたすら自慢話に終始する人もいます。人を見下したり、足蹴にする人にも、寂しい人生を送っている人や、温かい気持ちで生きている人にも出会うでしょう。

旅のはじめにはまっさらだったから見えてくる人間模様に触れることで、多くのことを知るのです。

四〇代から五〇代の人たちに参加してもらいたいと思う理由は、旅を楽しみながら、そこに、これからの人生で、ああ、こうしよう、こうありたい、またこれは辞めておこうというヒントが団体で行動するパック旅行には満載だからです。こういうことはできるだけ早めに経験しておく方がいい。ですから、休みを取ってでも旅行をしてほしいのです。

多くの人が旅の終わりを笑顔で終えていることを見ると、おそらく多くの参加者が旅の最後に「案外、自分の人生はいいものなのだ」と確認しているようです。私もそう思っています。旅の終わりの空港で、これから他人になる人たちと挨拶を交わしながら思うのです。しあわせな人生を歩めるかどうかは、大部分が自分自身の問題なのだ……と。

ひとり旅は第二の人生の必修科目

　もういくつのパック旅行に参加したのか分からないのですが、毎回多くの人々の人生を見て来ました。

　娘の結婚前に二人でできる最後の旅行だいうことでイタリア旅行に参加した母娘がいました。娘は、両親の仲が良くないので、自分が家から出たあとの母が心配だとこぼしていました。この旅行が二人の人生でどれだけ大切なものなのか、鈍感な私でも想像がつきました。

　ひとりで参加していた八〇歳を過ぎた老婆は明らかに認知症の気配がありました。トイレや食事の記憶もあやふやで、今日の観光で何を見たのかはもちろん、どこの国にいるのかも忘れてしまう。都内の高級住宅地にマンションを三棟持っている資産家だそうですが哀しい顔をしていました。どうも、旅の間だけ家族がこの老婆の面倒を見なくてすむので、パック旅行に積極的に参加させているようでした。ツアーが体のいい姥捨てになっているのです。少々つきまとわれて私が困っているところを見かねてか、この老婆の面倒を見てくるようになった中年女性がいました。お優しいんですね、と言うと、自分の母親の面倒をきちんと見られなかったから、罪滅ぼししていると返ってきました。

ガンの闘病を終えて参加した人もいました。「これから五年間楽しいことを山ほどして笑顔で過ごしガンの再発に隙を与えないようにするんだ」と言っていました。逆に福島からの歯医者さんは末期がんに冒されていて、自らの死は既に受け入れているようでした。残していく妻に重い病が見つかり長期の闘病をしなくてはならないので、死ぬに死ねないと言っていました。東日本大震災を生き抜いたのにこんなことになるなんてと旅の最後に、重たい話をしてゴメンネといいながら語ってくれました。

八〇過ぎの姉妹は共に旦那を見送ってから、毎年参加しているといってました。この間だけは掃除も洗濯も炊事もしなくていい。思い切り二人で話すの。そう言って苦労させられた死んだ亭主の悪口を言っていましたが、お姑さんの間に一度だけ入って守ってくれたことを愛おしい思い出として吐露してくれました。そしたら、二人で亡くなった夫の自慢話になりました。

何でこんなことまで赤の他人の自分に話すのか、と思いましたが、それはきっとお寺や神社で手を合わせるときに心の中で呟いていることを口に出しているようなものだと思うのです。悩みや願いごとを、寺社仏閣では吐露します。自らの内なる問いかけはありますが仏像は声を出してはくれません。それなのに旅で出会うつい数日前までは名前も知らない赤の他人は、ああ、うんと答えてくれますし、話もしてくれます。何泊も一緒に行動するから、だんだん話も深くなっていきます。ご近所の人に語れば、それはあっという間に拡がります。しかし、旅の人に話したことは誰にも伝わりません。最後には日本の空港で、また赤の他人に戻っていくからです。ですから、嘘もないし、隠すこともない。思い切り吐き出せるのです。

旅の終りに、別れを名残惜しそうにしている人は多いものです。

「本当に良かった、楽しかったわ。ありがとう」そうやって赤の他人に戻っていく。

もちろん中には旅で出会って、それから旅友になる人もいます。いつもはまったく別の世界で生きていて、旅の時にだけ一緒に行動するツアーメイトになるのです。前の旅の終りから、今度の旅の初めまでにあったいろんなことを旅の間にずーっと話しています。

人生は旅だとはよく言ったものです。そして、パック旅行は、いろんな人生という旅をする人のショーケースだと思います。

ひとつだけ、私からのおすすめがあります。退職して毎日の多くを共に過ごすようになった夫婦なら、時おり長めの一人旅をしてみてください。八日から一〇日ほど家をあけるような旅をすると、お互いの大切さに気づかされます。ネガティブなところでなく、ポジティブな部分も見えて来るはずです。たとえば、夫は妻がしてくれる日々の家事がどれだけ多岐に渡り大変なのかが分かります。もちろん、ひとりで何日も過ごすのだから、簡単な調理、洗濯、掃除などにも挑戦しなくてはなりません。

「おい、あれどこにあったかな?」そんな言葉ひとつで魔法のように何でも揃えてくれる妻の大切さに分かるはずです。そして、妻に先立たれた時の現実を肌で知ることができるでしょう。私は、四五歳を過ぎた男の人生の必修科目は、家事だと思います。妻の介護をしている夫は何でもっと早くから妻の負担を共有しなかったのだろうと思うそうですが、それがもっと前もって分かるのです。日々の生活は自分で一通りのことはできる家事力をつけることが生きていく力になります。妻が旅行に行ってる時は学んだことの実地試験のようなものなのです。

夫がひとりで旅に行けば、多くの女性が夫が逝った後の我が家を想像することになるでしょう。それは驚くほど静かな空間です。統計的には多くの女性が一四、一五年くらいのおひとり様生活を送ります。その予行演習です。その時間をどう過ごすのか、やはり考えるでしょうし、自分にとっての夫の存在が見えてくることでしょう。夫が無事に旅行から帰ってくるときに、夫の好物の料理を作って帰宅を待っていられるような関係だといいですね。お互いに旅先でいろんな人の人生を見ながら、自分は思ったより恵まれていることに気がつくものです。

そして、夫婦ともにまだ一緒に過ごせる時間が与えられていることに感謝するでしょう。また、いつもの生活に戻り、小言も小競り合いもあるかもしれませんが、矛を収めるようになるでしょう。もちろん、人間なんて勝手なもので、いつもの日々が続けばまた元に戻る。だから、またひとり旅をする。そして、また思い出す。実は、この夫婦がひととき一人になって旅をする良さは、旅に参加されていた七五歳過ぎの女性から教えてもらった受け売りです。夫がちゃんと洗濯できてるか、食事をしているか、心配しながら、高校時代のクラスメートと旅をしていました。

ある女性は「夫がいなくてせいせいした。命の洗濯をした」と言っていました。苦笑する私に「でも、時々お互いにひとりにならないと、これから一〇年、いやそれ以上かもしれないけれど、持たないわ。一人旅いいわね」とも言っていました。夫は元気で留守がいい。そんな流行言葉があったことを思い出しました。

終活。お墓とお葬式について考える——お墓編

就職活動を略して就活、結婚したいから積極的に行動することを婚活。ここまではいいとしても、最近は何でもかんでも「活」をつけるようになって、パパ活、ママ活、そして、終活です。

死んだ時の葬儀のこと、その後のお墓のことまで心配して決めておく。決めるだけでなく購入して、お金も払ってしまうことがあります。さあ、これで、安心していつでもお迎えが来てもいい、と思えるものなのでしょうか。みなさんはどうでしょうか。安心して……とはどういうことなのでしょうか?

お墓は本当にむずかしいものです。買えばいい、あればいいというものではないからです。たとえば、ご両親が富士山が好きで、富士山の見える小高い丘の上のお墓を買ったと

します。そして、両親はそこに眠ることになりました。丘を上るのに三〇分かかる、坂の上にあるこだわりのお墓です。お参りするには、お墓を洗う水の桶を持って登らなければなりません。時には雨に降られるかもしれません。それでも若いうちはいいですが、ある程度の年齢を重ねると辛くなります。杖をつくようになったら、もういけません。

残された人は「お父さん、お母さんには悪いけれど、私は同じお墓に入るのはやめようかしら。だって子どもたちが可哀想だもの」と思うかもしれません。こうなると、いつしか忘れ去られたお墓になってしまいます。そういうこだわりのお墓を望んでおられますか？

春と秋にはお墓参りに行く人もいる一方で、夫と妻のそれぞれ地方に墓があるので毎年は行けないという人もいる。両親が家庭内離婚状況で、あの夫とだけは同じお墓には入りたくないということになれば、またまたお参りしなくちゃいけないお墓の数は増えます。

子どもにとっては、どちらも両親。その両親の墓が別々となると、子どもは別々のお墓に苦労してお参りするたびに、ああうちの両親は仲が悪かったんだと思い出す。孫も物心がつく頃にはそんな祖父母の関係が分かるでしょう。何でそんなに仲が悪かったの？　その理由も探りたくなるでしょう。

夫が嫌いだ。生きてる間は我慢したんだから、死んだあとくらいは別々にしてほしい。

そう思うのも分かるのですが、それによって残された子どもが墓参りに来てくれなかったり、困ったりするのであれば寂しいですね。

最近はお墓の種類も増えてきました。街中のマンション型の納骨堂、公園墓地への樹木葬、散骨を希望する人もいます。子どもがいないご夫婦はお参りする人がいないからと個人の名前のプレートは残すものの、多くの人と一緒のお墓に入る人もいます。お参りするのが楽だろうと都心の便利なところの納骨堂やマンションタイプのお墓に決める方もいますが、これも子どもが転勤で地方に転居となれば、遠いお墓になってしまうのです。

残された後の人のことも考えて墓じまいをする方や便利な場所に墓移しをする人も増えてきました。その費用は墓石の解体費用、更地にする費用で一〇〇万円程度。お寺によっては寄付を求める場合もあるようです。さらに、墓移しの場合には新しいお墓の費用もかかりますので、全体で最低でも二〇〇万円は必要です。

また、納骨堂方式の場合には、永代供養なので安心だと思われるかもしれませんが、お寺などが自ら経営しているところもあれば、名義だけ貸して実際は業者が運営している場合もあります。未来永劫安心だと思っても、業者が経営破綻した後はどうなるのでしょうか。そして、お寺のおかれた立場もいろいろです。今は住職不在のお寺も多くなりました。少子化で檀家が減ればお寺の運営もできなくなるものです。確実なことなどほとんどないのです。

それに、個人が墓を持つようになったのは、江戸時代の中頃からと言われています。多くの方は江戸時代のご先祖様がどんな人生を歩んだのか分かりません。お墓に手を合わせていてもその思いの中心は人生の一時期を共にした顔の分かる、祖父母の代までがせいぜいです。

私の知り合いで六五歳くらいの港区に住むお金持ちがいて、妻に先立たれた八八歳の父親の介護をしています。このお金持ちには子どもも妻もいません。介護が大変だからかもう一〇年以上も前から仕事もしていません。数年前に父親を立派な介護施設に預け面倒を見てもらい、週に何回か面会に行っています。前から愚痴っぽい人だったらしいのですが、今では認知症も進んでコミュニケーションも少なくなってきたとこぼしていました。

最近は介護のことだけでなくお墓のことも心配し始めました。すでに立派なお墓を都心の有名な墓地にお持ちなので買うことで困っているわけではありません。父も自分もそこに入るつもりだけれど、自分が死んだ後は親戚がお墓を護ってくれるだろうかと心配されているのです。誰にも供養してもらえないんて寂しいからね、というわけです。

先日たまたまコンサートホールで出会った時に、死んだ後にお参りしてもらうために、親戚の子供たち五、六人にお年玉を渡すようにしようかと思ってる、というのです。でもちゃんとお参りしてくれるかなあと気を揉んでいました。

ちょっと驚いてこんな質問をしてしまいました。「お墓参りしてもらうためにお年玉ですか？　おじさんが死んだら、墓参りしてくれって言って渡すんですか？」と聞いたら、真顔でこう切り返されました。「言った方がいいかなあ？」絶対にやめた方がいいです。ほとんど会わないおじさんから正月の度にこう言われるのです。「俺がいつか死んだら墓参りしてくれよ～、あけましておめでとう！」とおめでたいはずの正月の度に言われたら、生きてるお化けみたいです。きっとお年玉は懐に入れても、お年玉というよりも人魂《ひとだま》のように思われて好かれませんよ。そう申し上げました。そんなバーター取引みたいなことはしないほうがいい。

ちょっと空気が重たくなったので、「でも毎年三万円くらい包んでいけば、一度くらいはお参りしてくれるでしょうね。でも××さん、これから二五年以上は生きるんでしょう」と言ったら、その六五歳の人も最後は「二五掛ける三万円かあ。六人に……。そりゃ、ちょっと高くつきすぎるな」って笑ってくれました。

よくお墓に定期的にお参りし管理していかないと、先祖に申し訳ない、人して最低だと思う人がいます。テレビなどでスピリチュアル系のコメンテータの中には、あなたが不幸なのは、お墓や仏壇をきちんとしてないからだと戒める人もいます。先祖が泣いてると言う人もいます。そんな発言をする人の中には、その関係で活動や事業をしていたり、つまり、お墓や仏具などを売る側の人もいるようです。もう一度申し上げますが、数千年の日本の歴史で個人がお墓を持つようになったのは江戸時代中期以降のことです。それ以前のご先祖には、今さらどうしようもないのです。江戸中期以前の人はお墓を持たないのが普通でしたが、決してそれ以前のご先祖が怒っているなどと思えません。お金に余裕のある権力者らは、昔から立派なお墓や自らを弔う寺社仏閣を建立してきました。外国でも教会やモニュメント、壮麗な墓を作ってきたものです。しかし、市井の人々は人生を謳歌した後は自然に戻っていったのです。江戸中期以降は、平和な時代が続き庶民の中にも経済的な余裕を持つ人が出てきた時代。だからこそ、お墓を持つようになったのでしょう。もちろん、亡くなった人に心を寄せ、また自分の先祖へ思いを持つことはとても良いことだと思います。でもそれは、お墓がなくてはできないものでしょうか。生きている間の生活費を切りつめてでもするべきことでしょうか。

人は、なぜこれほどまでお墓にこだわるのでしょうか。

お葬式の時、多くの喪主の方が挨拶で、「時には故人のことを思い出してやってください」「偲んでください」と言われます。私はお墓や葬式の一番大切なところはここにあるのではないかと思うのです。自分が亡くなった後も、時おりは思い出してほしい。忘れないでほしい。その思いなのです。墓じまいをされる方は、いろいろな理由で整理なさると思うのですが、これで故人のことは、きれいさっぱり忘れましょうと思ってしているのではないと思うのです。墓じまいをした後も、たとえば、テレビのニュースでお盆の墓参りのシーズンですとアナウンサーが伝えれば、心に故人のことを思い出し、手を合わせるものではないでしょうか。小さな家で仏壇はないとしても、写真を出して話しかけたりするかもしれません。

気持ちさえあれば、お墓はなくてもちゃんと供養はできるのです。墓参りできないお墓を放置する人よりも、きちんと墓じまいをして、心で供養する人のほうがよっぽど誠実なのかもしれません。私は終活でどんなお墓を作るかを考えるよりも、自分を思い出してくれる人を生きている時に大切にしておくことのほうが何十倍も大切だと思います。まあ、死んだ後に思い出してほしいから、人と付き合いを大切にするなんて人も変ですね。そんなに死んだ後のことばかり考えず、生きてる間に人間付き合いを誠実に大切に生きる、人生を楽しむことが実は大切なのではないでしょうか。

終活。お墓とお葬式について考える——お葬式編

生きている間に自分のお葬式の段取りを決める方がおられます。お金も払って準備をして置かれる方もいる。しかし、私は多くのお葬式を見てきてこう思うのです。会社を退職して一〇年以上経っていれば、会社関係者で葬式に来てくれる人はほとんどいないものです。親戚付き合いも薄ければ、親戚であったとしても来る人は少ない。同窓会にも出ず、逝去する一〇年前にでも関係が途切れていたら、学友や友人もほとんど葬式にやってきません。多くの場合で葬式に参列する人は、故人の友人、知人は少数で、残された子どもらの関係者が大半です。そうした人たちはまずは残された人を慰めるために参列する。残された人に、私は生きているあなたとの関係が大切で参列しましたというわけです。だから、喪主の長男が大企業の営業職でバリバリやっていると参列者は多く花もたくさん出ます。葬式には故人のことをまったく知らない人がワンサカやって来る。葬式は亡くなった故人

のためにする側面よりも、残された人たちにとってのセレモニーなのです。

みなさんだって今まで出た他人の葬式の大半がそうだったはずです。心が通っていた家族や親戚、友人の死は心から哀しい。一度も会ったことのない芸能人であったとしても心を寄せる人であったなら泣くこともある。でも、それ以外は手は合わせても、心の底から悼んだりしないものです。心が通う人の関係者の不幸であれば、亡くなった方へというよりも、残された方は大丈夫かな？　と少し心配するでしょう。でも、これが仕事関係だったら、行かなくちゃいけないからという義務感から出かける。そして、焼香して家に戻ったら清め塩をさっさと振って、よし用事は済んだからテレビでも見るかと普段の生活に戻るのです。あなたや家族の葬式の時にだけ、親族以外の参列者のみなが心から哀しんでくれているなんて思うのは間違いです。みなさん、いろんな人間関係があるから参列しているだけです。多くがお付き合いです。それが葬式なのです。つまり、葬式は亡くなった人のためにする側面だけでなく、遺族にとっては大切な故人への思いを込めるお別れのセレモニーであり、一般の参列者は大切な人を亡くした遺族を慰めるためにするのです。ですから、私はあまり自分の葬式のためにと苦労してまでお金を残す必要はないと思うのです。

残された人達のためのセレモニーなのですから、自分でその費用まで用意する必要はありません。それに、遺族の経済的負担もそれほどありません。お葬式は安く済ませようと思えば、いくらでも費用は削れるものです。またあまり知られていませんが公的な給付金制度もあります。条件はありますが申告すれば支給されます。多くの人が焼香してくれるお葬式であるなら、その香典で費用は相当カバーできます。自分が死んだ後の葬式を立派にするためにお金を残しても焼香する人が少なければそれこそ寂しいものです。一度考えていただきたいのです。

もちろん、九〇歳になって死を強く意識していて、金融資産がまだ何千万円もあるというのならお墓を買ったり、葬式の段取りをするのに使うのもいいでしょう。それは個人の自由です。何しろ使いきれないでしょうから。しかし、お墓も葬式もそれらは残された人たちのためのものなのです。それに、基本的に心の問題なのです。

亡くなった時には妻にも立ち会ってもらえないままウィーンの共同墓地に埋葬されたモーツアルトですが、その音楽で今も多くの人に思い出され愛されています。骨はどこにあるのかも分かりません。しかし、それを可哀想に、と思うより、今なお愛されて本当にしあわせな人と思います。

私はモーツアルトでも織田信長でもないから、死んだら忘れ去られて誰も供養もしてくれなくなるのか。寂しいなあと思うのなら、どうでしょう。自分のことはほとんど覚えてくれてないひ孫の世代にも思い出してもらい、供養してもらうために石のお墓よりももっと効果的なことにお金を使いませんか？　今の時代は、写真や音声、動画などで、数百年先の子孫にも顔や名前を残そうと思えば残せる時代です。もう少しクラシックにするのなら、自分史を書籍にして自費出版して残すのもいいかもしれません。五〇万円の予算で立派なものが残せるはずです。きっと石のお墓よりも子孫に思ってもらうにはずっと現実的なはずです。そして、そういった画像や文章は、あなたが生きた時代の人々の貴重な記録として後世の多くの人に共有されるかもしれません。それは、例えばエジプトの遺跡から古代の労働者の出勤簿が発掘され仕事ぶりや生活がわかったり、室町時代に書かれた屏風絵で当時の都市や人々の風俗や生活を垣間見るのと似ています。

私は終活するお金があるのなら、人生を楽しく生きることにもっと使いたいと思います。何百万円もお金をかけてお墓を作るくらいなら、そのお金を経済的な理由で大学に行けない若者や、マイナースポーツのアスリートや音楽家の支援に使いたいと思います。

石のお墓よりも、そういうことのほうが自分には向いていると思うのです。これは人それぞれですし、もっと年齢を重ねれば考え方が変わるかもしれませんけれど。ただ、本当の終活とは、お墓や葬式のことを必要以上に考えるよりも、人生を大切に歩んでいくことなのだという思いはきっと変わらないと思います。

6　五〇代からの賢い買い物指南

パソコン、スマホの正しい買い方は人まねです

　五〇代になって実感していることは、昔はすぐに覚えられたアイドルの顔と名前を覚えられなくなったこと（AKB48などは、48と聞いて最初から諦めた）と、取り扱い説明書を読むのがおっくうになったことです。そうです。老眼なんです。それにマニュアルはいくら読んでも楽しくない。そういうことに時間や気を使って立ち向かうことが嫌になりました。

　そうなってくると、今の生活環境に満足して、新しいものに挑戦しなくなります。時々周りの若い人が使っている新しい技術やサービスに触れてみてください。取り入れたら便利なもの、得なものが山ほどあります。インターネットや携帯電話が出て来た時にも、そんなものがなくても生活はできると新しいものを拒絶する人は山ほどいました。しかし、生活を一新させ、心を豊かに楽しい毎日にするものもあるのです。今ならその代表格がス

マホですね。

私も、メール機能と電話があれば充分だと、いわゆるガラ携を使ってきたのですが、格安スマホが出現したあと、ほとんど使わなくなった家の固定電話とガラ携をやめて、スマホに乗り換えたら年間で三万円以上得することが分かって、とうとうスマホにしました。スマホに乗り換えて、すでに二年以上たったのですが、実はまだ使いこなせていません。いわゆる宝の持ち腐れ状態です。

マニュアルを読んでみたり、雑誌の特集を買って勉強してみても、イマイチです。そして、基本的なことがきっと分かっていないのでしょう。取り組んでも、すぐに先に行けなくなる。壁がドカーンとできてしまう。そして、そういうことに、あまり頭も時間を使いたくありません。正直言って時間があるのなら、読んでみたい文学、思想や歴史の本が山ほどある。特に死ぬまでに読んでみたい古典に取り組みたいのです。

私は時間のムダはやめました。もう人に手取り足取り教えてもらう方がいいのだと悟りました。詳しい人に夕飯をごちそうして教えてもらってます。ごちそうしながらだと、向こうもある程度の気を使ってくれて丁寧に教えてくれます。

「もう一杯、ウーロンハイ呑んでもいいですか?」と言われたら、「もちろん!　どうぞ!どうぞ!」と気持ちよく言えば相手の教え方にも力が入ります。

もしも、あなたが私の気持ちがよく分かる、自分も似たようなところがあると思ってくださるのであれば、私たちが忘れるべきことは、商品の値段のことだと思うのです。安く買うことよりも、使いこなすこと、使い倒すことが一番大切だと思うのです。

格安スマホの価格に引き寄せられて、私は自分がこの一〇年やってきた王道の買い方を忘れていました。賢くパラサイト買いすればよかったのです。パラサイト買いとは、周りの人と同じものを買う方法です。子どもや孫、知り合い、友人などで、この人は使いこなせている。こういう感じになれればいいと思う人と同じものを買うのです。できれば、その人に付き合ってもらって買う。

久しぶりの食事の時に会話よりスマホばかりいじっている子どもや孫を叱るのではなく、

「それ、いいなあ、自分にはむずかしくて使いこなせないなあ」

「いや、慣れれば簡単だよ」

「そういうものなの？　やっぱり、ムリだな」

「おやじ（おじいちゃん）教えて上げるよ」

こう言われたら、ラッキーです。ネットで買うのでも、量販店でも構いません。一緒に買いに行ってもらいましょう。本人は同じものを買っていますから、適切な価格かどうかも分かるでしょうし、買った後も初期設定などはお手のもの。悩まずにどんどん進みます。さらに、基本機能も知り尽くしている。相手も同じものを持っていますから、見よう見まねで習得して行けます。さらに、分からないことがあった時も、同じ機種だけに教えてもらうのも簡単です。

パソコンやスマホを買うと、形だけはコールセンターがあり分からないことを教えてもらえることになってはいます。しかし、分からないことがあって電話してみても、二四時間いつもつながらない。つながっても、相手の言ってることが分からない。専門用語の使い過ぎです。その専門用語も分からないんだということが、自分に残るちょっとしたプライドをくすぐり分かったふりなどをすると、電話の向こう側の人が言うことすべてが難しい呪文になってしまいます。仕方なく適当なところで電話を切るしかありません。

それが、パラサイト買いしていると、何しろ身近に同じ機種をもって使いこなしている人がいるのですから、専門用語でなく、ここをこうやって押すんだよ、こうするんだよ、といった日常の言葉と動作で教えてくれます。そして、それらを使っていくと、便利さが自分のものになっていくのと同時に、いつの間にか少しずつ専門用語も自分の中に収まっていくから不思議です。

パソコンはこのパラサイト買いで自分の生活に取り入れたのです。

ところで、パラサイト買いをして教えてもらったり世話になるときにするべきことは、きちんとしたお礼です。一緒に買ってもらう、何かを教えてもらう度に、一〇〇〇円札を何枚か渡す、いや居酒屋に連れて行くのでもいいのです。世話になった対価をきちんと形にするのです。相手は、「気にしないでください、もらえません」と言います。そこを気持ちだけだから、頼むからもらってくれと言って渡すのです。

今の若い人は昭和の時代のような独身貴族の生活をしている人は少数です。遠慮はしても、うれしいはずです。それに一度や二度の質問は親切に教えてくれたとしても、それが五回目、六回目となってくると、微妙に態度が変わってきます。人間だもの、そういうものです。だから、ムリしてでもその度にお礼を渡しておくと、次に疑問ができた時にも頼みやすいのです。

新しい技術は無理して勉強したり、安く買って宝の持ち腐れにするよりも、パラサイト買いで自分の生活の中に自然に取り入れる方が圧倒的に賢いはずです。

多少のお礼はかかりますが、一年もすれば自分の生活が変わっているのに気がついて、元は十分に取ったなとニヤリとするはず。大人だもの、そういうことが分かるものです。

中年以降のパソコン、スマホの正しい買い方は人まねです。

近所に顔なじみの寿司屋とイタリアンの店を持つ

むかしのテレビドラマでは、登場人物は行きつけの小料理屋を持ってました。店の人とどうでもいい話をしながら歳月を過ごしていく。そして、時にはプライベートなこともふと相談している。子どもの頃には、なんで、親戚や家族や友だちでもなく、お店の人に相談するんだろうと思って見てました。

そういう店を持っていると、店の扉を開けると、あら、佐藤さんいらっしゃいと声をかけてくる。久しぶりじゃないの？　なんて言われたりもします。これは、ファーストフードやファミレス、回転寿司では決してない客と店との関係がです。

最近はインターネットの外食店の評価サイトや、グルメ向けレストランガイドなどによって、美味しい店を食べ歩く人が増えました。いろんな店に一、二度行く。その店の一番評判の良いものをいただいて、店の雰囲気も味わって、なるほどここはこういう店かと自分なりの感想を持つ。美味しいなあと思っても、そこに通うのではなく、また別の評判のいい店に行く。もちろん、そういう外食の楽しみ方があってもいいものです。特に旅先などでは、そんな風になるものです。

しかし、そういう一見さんとして訪れるばかりでない、顔なじみの店を何軒か持つこともとてもいいことだと思うのです。できることなら、自分の家からそう遠くない、できれば歩いていけるような距離にある店がいいと思います。

回転寿司もファミリーレストランも、日本のチェーンは優秀ですから、経験がないアルバイトに近い人でも美味しい料理が出せるマニュアルがしっかりしていて、そこそこ美味しい料理が出てきます。価格と出てくるものを比較してみると驚くほど安い。おそらく先進国では群を抜いています。

しかし、近くの個人やそれに近い人がやってる店はそうはいきません。それでも地元客メインで長く続けている店の多くは、チェーン店ほどは安くなくても、納得のいく料金でやってる店がほとんどです。そうでなければ、大抵お客がつかなくて潰れています。

さらに価格だけで勝負はできませんから、チェーン店がなかなかできない珍しい食材や季節を感じさせるメニューを出したりしてお客に店の魅力をアピールします。店は通ってくれるお客を何よりも大切にします。こうして、だんだんと適当なところまで距離が縮んで店と客のなんとも言えない関係が始まります。

注意しておきたいのは私はお客様だ。お客様は神様なんだ。来て金を払ってやってんだ。そんな態度が微塵でも出たらおしまいだということです。お客様は神様ですというのは、ちょっと嫌な客でも我慢しなくちゃ、これも修業のひとつだと店側が思うことで、お客の側が思うことではありません。

何しろ、お金は払いますが、美味しい料理、きちんとしたサービス、居心地のいい空間を作って提供してくれているのです。それに対する対価であって、決して取られているものでもありません。

時には店の都合も考えて、早めに食事を切り上げたり、奮発するようなこともしてみましょう。そうした客の側の気づかいを、ちゃんとした店なら感じ取って、次第に大切なお客さまとして扱ってくれるようになります。自分の好みを覚えてくれて、美味しい料理をすすめてくれたり、時にはサービスをしてくれることもあるでしょう。

大抵の店は、料理が好きで、お客に美味しいものを食べてもらいたいと思っている。そして、家族がそこそこの生活ができるよう考えて経営しているものです。私の経験だと、自分の肌に合う合わないもありますから、三、四軒廻ってひとつ見つかる感じでしょうか。

そこに家族や友人ではない、しかし、まったくの他人でもない不思議な店と客の関係が作られていくのです。

　同じ店に通う良さは他にもあります。店には常連を含めていろんなお客さんが来て、そこで料理を通して、その人のいろんな人生の側面を見せていきます。他人の振る舞いや言動を通していろんなことを知ることができる。五年も通うと年上の人にいろんな生活や健康上の変化がおこることを見ることができる。若い客からは自分の子どもに近い世代の価値観や考え方を知ることができる。いろんな環境のいろんな人の人生を垣間見ることによって、自分の人生をより良くするヒントを得ることもできるのです。

　そういう店は家族と行ったり、夫婦で出かけたり、もちろんひとりでふらりといく店にしてもいい。時には訪ねてきた友人や知人と会う接待場所にしてもいい。

　いい関係を持ってる店に人を連れて行くと喜んでもらえるものです。あら、いらっしゃい佐藤さん、今日はお連れ様がいるの。どうぞどうぞ。最初はいつものでいい？　そんな温かな空気で迎えてくれる店を何軒か持つことはしあわせなことではないでしょうか。

福袋は誰を笑顔にするものでしょうか

お正月になるとデパートから個人商店まで初売りの福袋が売り出されます。

私はデパ地下や近くのお店の食品系の一〇〇〇円くらいの福袋をひとつふたつ買ってみたり、どこかにお邪魔するような場合などにも手土産用に買ったりすることはあります。

食品系の一〇〇〇円の福袋で気に入っているのが、その店のいろいろの商品が見本のように入っていて一四〇〇円くらいするものが一〇〇〇円というものです。お気に入りの店では、どうしても買うものが毎回同じになりがちです。それが福袋で値段も安く今まで味わったことのないもの、前に一度食べたけれども、印象が薄い、もっとはっきり言うと、今イチ好きでないなと思ったものとも再会できます。日本のお店は常に味を進化させていきますから、前にはイマイチと思ったものもしばらくしていただくと、美味しいと思う場合があります。また、前に食べたときには、食べ合わせや体調で印象が薄かったため美味しいと思わなかったこともあるものです。

気軽な相手に手土産として持っていくアイテムとしても適しています。お祝い気分の包装紙やショッピングバッグに入っていますから、ちょうどいいです。

しかし、毎年テレビなどで報道される福袋と言えば、衣類やアクセサリー三万円分の商品が入っていて一万円とか、ブランド品や宝石が入って一〇〇〇万円するものが五〇〇万円などとびっくりするようなものも少なくありません。

私はこのようなテレビで報道されるような激安系福袋には手を出していません。

何しろ、中にはお正月の極寒のなかデパートなどに開店前から並んで、走るようにして売場までエスカレーターを駆け上がり、奪うようにして買う人がいます。テレビ番組を見ていると買われた方はみなさんうれしそうな顔をされています。うれしいというよりは達成感というものかもしれません。

何でそんなにうれしいんですか？

だって三万円のものが一万円よ。得じゃない！　お正月から得したのよ！

あの、その袋の中身は前からほしかったものなんですか？　全部？

そんなわけないいじゃない。初めて見るものばかりよ。買えないもの。ヒポポタマス（架空のブランド名）高いから定価じゃ買えないから。……。だって、あこがれのヒポポタマスよ。それが三万円が一万円よ。

ヒポポタマスいいですよね！　でも、ヒポポタマスなら何でもいいんですか？

何でもいいってわけじゃないけど。このブラウスなんかいいじゃない。ほら、値札がついてる。二万円だって。他にバッグとアクセサリー、ハンカチ。

二万円もする洋服を試着もしないで買うんですか？

もちろんいつもは試着するけれど……。でも、これは福袋だから、そんなことできないじゃない。しょうがないわよ。安いんだから。

ちょっと言いづらいんですけれど、その洋服、この前バーゲンに出ていました。値段は……。

そんなこと聞きたくないわ。ねえ、あんた誰？　私は喜んでいるのよ、得したって。それでいいじゃない。あら、このブラウス、ちょっと丈が長いわね。でも、ヒポポタマスだし。何、その顔。ああ、嫌な人ね。正月から嫌な気分になっちゃった。

つまり多くの福袋は好きな商品を手に入れられたということよりも、安く買えて得したという部分がとても強くなりがちです。商品に対する満足感よりも割安感による充足です。

得できたという思いです。

　ところで、商品に対する満足感が高くないと、それほど商品は使われません。安く買ったけれども使わない。これは高いものに付いたということです。すべての福袋が良くないなどとは言いませんが、もしもほとんど使わない、ほぼ要らないものにお金を払ってしまったとしたら、それはゴミにお金を払ったのと同じです。

　袋の中身を見てもらえば分かりますが、店側は当初の価格では売れなかったもの、バーゲンにしても売れなかったもの、型落ちやはんぱものなどを詰め込んでいることが多いものです。消費者はもう売れないものを福袋として喜んで買ってくれるのです。お客さん以上に喜んでいるのは店側なのかもしれないのです。

　買ったお客さんにとっての福袋なのか、お店にとっての福袋なのか、分かりません。

　これが宝石が絡むともっと困ります。テレビの通販番組でダイヤモンドが激安で売られることがある。通常は三〇万円してもいいようなものが、九万八〇〇〇円だと言います。特別セールです。得ですよ、と言う。そう聞くと、私は思うのです。テレビで広告費もたっぷり使って九万八〇〇〇円で売られているものなら、本来は九万八〇〇〇円で販売して十分に元が取れるものを、通常は三〇万円という価格で売っているんだと。このごろの通販は特別セールばかりです。特別が通常なのです。

福袋に話を戻します。中には要らないものはインターネットオークションで転売する、他の人と交換するという方もいるでしょう。そういう工夫をして損しないようにするのかもしれません。しかし、買物は自分に必要な商品であること、必要で使う商品であることが一番大切なはずです。そこを踏み外しては元も子もありません。

念のため申し上げておきますが、私はバーゲンを否定しているわけではまったくありません。

この前、商品を買うために生まれて初めて開店前に店に並ぶということをしました。普段は決してバーゲンをしない某メーカーのノートパソコン。二年前からどれを買おうかと悩んでいたのです。そうしたら、某スマホ決済の会社がキャンペーンで二〇％還元セールをやったのです。決済をその会社のシステムですればいいだけ。こんな得なことはあっという間に終わるだろうと、キャンペーン前に店を訪れ在庫の確保をして、キャンペーン初日の開店時に決済をしに行きました。いつ終わるか分からないキャンペーンだったからです。当初は四ヶ月続く予定のキャンペーンが一〇日間で終わってしまいました。本当に必要なものをバーゲンで買うことには、私もちょっと頑張るのです。

一〇〇円ショップで安いものと高いもの

一〇〇円ショップはお好きですか？

一〇〇円ショップは、かつてはショップではなく一〇〇円均一セールとして、スーパーマーケットなどの店先のイベントスペースのちょっとした空間に期間限定で出店することが多かったものです。大きなスペースは取れなかったからか商品アイテムはそれほど多くなく、メーカーのはんぱ物、倒産などで流れてきた金融ものなど、一〇〇円で売れるものをかき集めて販売していることも多かったのです。

それが、バブルが弾けてからは常設のショップとなり、商品数が必要となるので、メーカーからの持ち込みだけでなく一〇〇円ショップ側が企画し発注も始めました。大型店舗での出店も増えました。

バブルの時に建設してしまった多くの商業用不動産のテナントが、不景気で退店し空き店舗になった。当然家賃も下がります。そういう物件に次々と一〇〇円ショップが入ったのです。一〇〇円ショップは小ぶりでも大型でも、多少店の形状がいびつでも出店になんら問題のない業態です。景気が悪くなり多くの消費者の人気を博し発展しました。いまや最大手になると、商品アイテムは五万。毎月八〇〇以上の新製品が発売されることもあるといいます。ある一社だけで国内に約三二八〇店舗、海外も二六ヶ国、二〇〇〇店舗近くもあるところもあります。

私も東南アジアなどでは日本の一〇〇円ショップの店舗をずいぶんと見かけました。今はオイルマネーで潤う中東のドバイにまであります。世界一リッチなショッピングモール、ドバイモールの中にまであるのです。

一〇〇円ショップの人気の理由はなんといっても価格がなんでも一〇〇円（税抜き）ということです。一〇〇円だから気兼ねなく買えます。そして、「へえ、こんなものも一〇〇円なの」と買うときのハードルは異様に低くなります。

しかし本当に一〇〇円ショップは安くてお得なのでしょうか。

一〇〇円ショップで売られていてもトイレットペーパーやティッシュペーパーを買う人は少ないです。四ロール一〇〇円なら、一六ロール二四〇円で買う方が安いと分かっているからです。洗濯用の洗剤も一〇〇円だけれど、量がその分少ないと知っているのです。

割高になっている商品もあるのです。

では、安いっていったいどういうことでしょう？

二〇〇円のものが一五〇円で売られる。一〇〇円で売られる。これを消費者は安いと思ってしまいがちです。しかし、実際は価格が低くなっているだけのことです。低価格と安いということは違うのだと、私は思うのです。二〇〇円で買おうが、一〇〇円だろうが、買っただけで、もしも、購入した後に十分活用しない、もしくは使わずに取ってあるだけなら、それは不用なものにお金を払ったのと同じです。ですから、いくら低価格で買おうが得したわけでも安く買ったことにもなりません。

トイレットペーパーや洗剤のように購入すればほぼ確実に使い切る日用の消耗品なら、二〇〇円で売られているものが一五〇円なら安く買えたことになると予想がつくものかもしれません。ドラッグストアの定番のバーゲン商品は洗剤やトイレットペーパー、ティッシュペーパーなどです。スーパーマーケットでも、玉子や精肉、牛乳などがバーゲンの目玉商品によくなります。これらは、毎日のように必要とされる食品ですから、消費者が値段に敏感でだいたいどのくらいの量が必要だと予想もついて無駄なく使い切ることができます。

本来は他の食品も同じようなもののはずなのですが、今は食べられずに捨てられてしまう食品・食材ロスが問題になっています。安く買った野菜も半分使い切らずに捨ててしまう。冷蔵庫の奥で賞味期限が切れた食品を見つけて捨ててしまうことはよくあることです。しかし、捨ててしまうのであれば、いくらで買ったかに関わらず、安かったことにはなりません。特売で安くなっているから、そのうち使おうと思って買ってしまう商品のなれの果てというわけです。

捨てるところまではいかなくても、安いからと多めに買ってしまい、食べる頃には味や鮮度が落ちてしまっていることもよくあります。

安かったか、高かったかというのはレジでお金を払った時に決まるものでも、割引率で決まるものでもありません。その商品を家に持って帰り、とことん使った後で決まるものなのです。

平成の初めにホームパーティ用に数がいるからとトルコ製のワイングラスを一〇〇円ショップで買ったことがあったのですが何回も使わずに、リーデルのワイングラスに買い換えました。一〇〇円でお買い得だと思って手を出したのですが、買ってみてワインを注ぎワイングラスに口を当てると、なんかレストランなどで出てくるワイングラスとの違いが気になって、そこに美味しいワインを注ぐのが勿体なくなったのです。買い換えたリーデルのワイングラスは、もう二〇年以上使ってますので、いくらで買ったのかは忘れましたが、とても安くついたということになります。こうして、ジノリ、ウェッジウッド、ノリタケなどのいい食器にしか手を出さなくなりました。

デパ地下で買ってきた美味しいお惣菜をいただくときも、気に入った食器に盛り付けると、ごちそう感が倍増します。美味しい惣菜を、食後に食器を洗うのが面倒だからとパックから直接食べたり、一〇〇円ショップの安いお皿に盛るのは返って勿体ないです。炊きたてのご飯は三越本店で売っていた大館のわっぱに一度移します。するとなんとも言えない香りがして、佃煮や梅干し、焼き魚をいただく時にしあわせ感が増します。

今、普段に使っているお茶碗は島根県の足立美術館を訪ねた時にミュージアムショップで売っていたもので七〇〇〇円もしました。梅の柄をあしらったいい感じの陶器です。そんな高い茶碗を使ったことはなかったんですが、もう七年間、毎日の食事を贅沢な気分で彩ってくれています。年間で三〇〇回使ったとして、もう二〇〇〇回を超えています。まだ一〇年ほどは使いそうです。本当に安い買い物をしました。

一〇〇円ショップでネクタイ、帽子、名刺入れ、財布なども買いません。手帳やカレンダーも買いません。一年間毎日のように触れて愛用するものですから、一〇〇〇円するものでも一日三円にもつきません。愛用するものだから、細かなデザインや意匠にこだわって買います。値段で決めないのです。

一〇〇円だから買う。値段が高いから買わないということはもうなくなりました。また一〇〇円ショップだから安物ということも思っていません。いまも月に一度は一〇〇円ショップを訪れます。たとえば、一〇〇円ショップで買ったハサミやホチキスはとても丈夫で、長年使っても疲れてきません。セロハンテープ、接着剤、ガムテープ、ポチ袋、請求書用の封筒などは一〇〇円ショップで買うようになりました。洗濯バサミも、洗濯用のネット、計量スプーンや計量カップ、プラスチックの漏斗、洗面器も一〇〇円ショップで買ったものです。

割り箸はどこであっても買いません。弁当や惣菜を買った時についてくる割り箸を使わずに取っておき、必要な時に使います。

長年愛用するものは原則として価格でなく商品の良し悪しで決める。一〇〇円ショップは低価格だけれど、むしろその価格のため、無駄なものを買って高くついてしまわないか、十分気をつけて買い物をするようにしているのです。

さて、参考になりましたか？

六〇歳を過ぎたら、自分の好みで洋服を買うのをやめてみよう

五〇歳を過ぎたら、あまりスーツを買わなくなりました。いままで買ったスーツは悪いものでないし気に入っているのに、着る機会がめっきり減ったからです。

しかし、いっぽうで、人生が八〇歳まであったら、その間にスーツが必要なことは何回もあるでしょう。いま買うのをためらっているのであれば、一〇年後、二〇年後はもっと購買意欲が減っていくのではないか。買わないままでいると自ずと何十年も前のスーツを着ることになる。そう思いました。

では、七〇歳になってスーツが必要なときに、新しいものを買おうとするでしょうか。買うとなると、どんな選択をするのでしょう。

七〇歳を過ぎて着るスーツは、どんな時でしょう。もちろん、自分を律し、身だしなみにこだわる方は、毎日スーツを着て過ごすのかもしれません。しかし、一般的には日々の

生活はそれこそ軽装で済ましているはずです。だから、高齢になってスーツを着る機会とは、なかなか会えない人との再会だったり、何か大切なセレモニーだったり、本来は一張羅で行きたい場所であるはずです。それまで買わなかったような安物のスーツ姿でそういう場所には出たくない。そう思うはずです。

だからといって、七〇歳になって高価なスーツを買おうと思うでしょうか？　安物を新しく買っていくのなら、かつて買ってまだ手もとにある高級なスーツで行く方がいい。そう思うのではないでしょうか。

しかし、それは二〇年以上も前のものだったりするのです。きっとクリーニングに出して、ワイシャツもきちんとアイロンをかけたものを着ていくでしょうが、そこには古さを感じざるをえないでしょう。

いろんな会合でお見受けする七〇歳を過ぎた方の着ているスーツを見ていると、ふとそのように思うのです。

きちんとしたスーツなのかもしれないのですが、デザインが思い切り古い。洋服などは何でもいいのだという方はいいのでしょうが、服装は自分のために着用するというだけでなく、そこに集う人に対する礼儀の側面もあります。また、その時の生活をも残酷に映し出します。つまり、思い切り古いスーツで出かけるということは、もうスーツを買う生活はしていませんという宣言でもあるのです。さらに人はその装いで値踏みをされます。どういった人生を歩んだのか、どのような経済状況で生きているのかというようなことを見ているのです。

そんなことで見栄を張るのはバカバカしいと思うと同時に、ちょっとした見栄を張らなくちゃズルズルな生活になってしまうとも思います。七〇歳になっても現役で活躍する人はいます。そういう人は二〇年前のスーツなど着ません。そういう現役感のある人ばかりの中に二〇年前のスーツで参加するのはどんな気分だろうと思います。

まあ、そういうことはどうでも構わないと言う方はいいのですが、先日送られてきた三年ぶりの高校の同窓会の通知に、二〇年後の自分を想像してしまったのです。

そこで、やっぱり新しいスーツを買おうと思いました。さて、どうやって買ったらいいのでしょうか。

年を重ねてくると、年齢にふさわしい持ち物がほしくなります。

販売する側が、高いものを私たちに買ってもらおうとする時に切り出すキラーワードがあります。

「お客様、この商品は多少お高いかもしれませんが、間違いなく一生ものでございます」

一生ものに私たちは弱いものです。いいものは持ちたいが自分の経済力からいったら少し背伸びだなあと思う時に、この言葉を出されるとスゴく弱くなります。私はそうやって、ボールペン、カバン、財布、メガネケース、腕時計、ワイングラス、ティーカップなどをそろえて来ました。

時に一生もの以上のタイムスパンでの買物もあります。かつて訪れたドイツ人の家庭では祖母の代からの家具を使っていました。イギリスでは紅茶の陶器がそれにあたりました。大変高価なものらしい、もうほとんどアンティークです。なるほど素晴らしい買物の仕方だなあと思いました。日本でも三世代同居のご家庭などでは、古いお屋敷に、家具、敷物、調度品、そして、着物など、代々受け継がれたものがあります。

ただ、そのご家庭の若い夫婦を見ていて、この若い二人はこの家に住む限り新しい家具を買うことも、新しいじゅうたんを買うこともあまりないんだろうなとは思いました。ましてや立派なお屋敷だと、庭を含めてそれを守ることを考えなければならないのでしょう。

じつは、私の部屋の書棚も今から五〇年以上前、亡くなった母が大枚をはたいて買ったものです。経済的に豊かになってからは、娘が使えるだろうと、四カラット、五カラットのダイヤの指輪を買っていました。何百万円もする時計も買って残しました。自分のためだけでないからこそ、買ったものです。子どものために、孫のためにという理由で財布を開く五〇代以上は多いのです。

自分のためだけに、数百万円の宝飾品を買うことは年齢を重ねるごとにむずかしくなります。六〇歳を超えて家を建て替えるときは、子どもたちにも住んでもらうことを考えます。

どうも、そういういいわけを自分にして財布を開くことが多いように思えます。自分たちだけでは勿体ないけれど、子どもや孫にも使ってもらえるのなら買ってもいいかなあと思うのです。

理屈は良く分かります。もちろん、世代を越えて受け継ぐものが二つ三つくらいならいいでしょう。しかし、先述した三世代同居の家のように、ほとんどのものが親からの世代のものになるのでは、若い人たちに、気の毒な側面もあると思うのです。

話を戻します。私が次のスーツをどうやって買おうとしているか。

それは、自分の好みでモノを買うことをやめることです。信頼する人を見つけて、その人に委ねるという買い方です。

なぜか。まずはご自分の持つ洋服を見ていただきたい。それは、あなたの好み、時にはつれあいの好みも反映されたものになっているはずです。色や風合い、価格帯やら似通ったものばかりではありませんか？　似たものばかりで、このスーツ、このワンピースはなくても良かったなあと思うことはありませんか？

信頼する人に新しい装いをコーディネートしてもらったら、同じようなものの中に、少し違うものが入ってくると思うのです。できれば、自分より年齢がひと回り以上若い人に任せてみるつもりです。そんなスーツは、初めのうちは抵抗感があるかもしれませんが、今まで買って来た洋服とはひと味違う。それもプロが選ぶわけですから、他人から見たら「なかなかお似合い」ということにもなるはずです。

年齢を重ねていけば行くほど、新しいものを受け入れる能力は減っていきます。今まで培った自分の好みを見直すためにも、少し変わったもの、新しいものに触れることはいいことのはずです。それは、装いだけでなく生活全般にいえることなのではないでしょうか。

長く使わないかもしれないから……
ブランド品に限ります

断捨離をする人が増えています。着ない服、使わないバッグ、不要な食器や家具まで少しずつ処分をする。私もしています。要らないものは手もとから離すのです。物を持つ物欲から解き放たれ、物は楽しめるうちにとことん使おうという活用欲にシフトチェンジを計りたいということです。

ネットが普及していない時代は、不要なものは捨ててしまうか衣類などはリサイクルショップ、本は古本屋、大きな家具や家電などは古道具屋に持ち込むのが換金するほとんど唯一の方法でした。

すると、ブランド品の洋服などは買った時の一割程度、本などはほとんどお金が付きません。しかし、ネット時代は違います。出品する手間、梱包し発送する手間はかかりますが、換金して良かったと思えるような金額になるものです。

するとよほどのことがない限り、バーゲンで物を買うのが馬鹿らしくなります。

たとえば、おしゃれな流行を取り入れた商品。正価でシーズンのはじめに買って思い切りシーズンを楽しんでから買った価格の四割で売れれば、正価で買っているものの四割引で買ったのと同じことではないでしょうか。シーズン終わりや流行が過ぎ去った後に半額で買うのと、どちらが賢いでしょうか？

バーゲンなど価格にこだわって買物をして来た人は正価で物を買うときには、高いなあと思ってしまいます。でも正価で買うと、気持ちがいいのです。なぜなら、商品にトコトンこだわることができるからです。自分に似合うか、コーディネートするのに必要なものはあるか。サイズまでしっかりこだわります。お店の人もいろいろと丁寧にアドバイスもしてくれます。

お気に入りの一品に出会えます。そんな真新しい服を装うと気分も晴れやかです。

気に入った服は、いろんなところに何回も着ていきます。似合っている上にお気に入りなのですから、気持ちも楽しくなります。そういうふうに四〇回くらい着た、正価で二万円で購入した洋服をシーズンの終わりに価格の半額以下、たとえば四割の八〇〇〇円で売却したとします。服に支払ったお金は差額の一万二〇〇〇円。四〇回着てますから一回三〇〇円です。

反対にバーゲンで商品がとても気に入ったというよりも価格が半額だということに惹かれて買った洋服はどうでしょう。お気に入りの洋服というよりも、得した買物です。バーゲンで得したという買物は、どうしても商品へのこだわりは少ない。それにバーゲンでは短い時間で買うかどうかの決断が必要です。買ったときは得したとうれしくなりますが、正価で商品にとことんこだわって買った洋服と比べると商品に対するこだわりが少ない分着ていく頻度も減ります。たとえば二〇回着てタンスの中に眠るようになったらどうでしょう。二万円の半額で買ったので一万円。三シーズンの間に二〇回着たとすると一回五〇〇円のコストになるわけです。もちろん商品は手もとに残りますが、もうほとんど着ません。どちらが得でしょうか？

ちょっと待って、お気に入りの服を何で売らなくちゃいけないの？　取っておけばいいじゃない。来年も着られるのだから。もちろんそういうこともあるでしょう。それでも、あえて手放すことも考えます。理由はふたつ。今年お気に入りの服が来年もお気に入りかどうかなんて分かりませんし、一年経てば売却できる価格は確実に下がります。つまり、まだほしい人が他にいるうちに売却してしまった方がいいじゃないかということです。

もうひとつの理由は、もしかすると来年もお気に入りかもしれませんが、それよりも新しいお気に入りに出会う方が楽しくないですか？

もちろん今年のお気に入りの服は来年も着たいかもしれません。しかし、女優さんでもない限り、一日に着る洋服は一着です。つまり、お気に入りの服があることは、それだけ他の洋服を着る機会が少なくなるはずです。ですから、すべてとは言わないものの、特に流行に敏感な商品は早めに手放す方がいいと思うのです。

物を所有するという気持ちに捕らわれなければ、もっとオシャレが楽しくなるはずです。

買い物するときに、手に入れる商品との関係を考えます。長くじっくり使うもの、必要な時期は比較的短いもの、試しに買ってみるもの、いろいろです。また、よく考えて買ったとしても、衣類やカバン、家電製品や家具などは使ってみないと分からない場合もあります。そういう商品は、少し高くてもできるだけブランド品を買うようにしています。というのも、手放す、つまりネットなどで売却したり、他人に差し上げるにしても、名のしれたメーカーのものの方が、その価値が伝わりやすいからです。無名ブランドの良品もありますが、実物を見ないとその良さは伝わりません。その点でブランド品は取引相手も安心する部分があるようです。

お中元、お歳暮を贈るしあわせ

交際費は家計においていつもリストラの真っ先にあげられるもののひとつです。余計なものは一切使いたくないからなのでしょう。そうしなくてはならない家庭があるのもよく分かります。しかし、そうでない方たちまで、祝儀や香典は平均に合わせる。中元や歳暮は虚礼だからと絞り込む。実際は中元歳暮は虚礼のところだけに絞り込む。お金はすべて自分たちのためだけに使うもの。そういうふうに思われているのでしょう。

ところがこの数年で気がつきました。私はお年玉や中元、歳暮を贈ることが少し待ちどおしいのです。

若い頃の中元や歳暮は、ギラギラしたものでした。まさに虚礼です。仕事の関係先への夏冬の挨拶はフリーランスで働くものにしては、「ひとつこれからも、よろしくお願いいたしやす」という気持ちで人事権を握る人に送っていました。今でもそういう仕事絡みの虚礼の贈答品というのは少なくないでしょう。

子どもの頃にも記憶があります。サラリーマンだった父に歳暮や中元が山ほどきていました。営業や企画部にいる時はそれこそ山ほど届けられました。それが閑職になったらあっという間になくなります。子どもながらにそういうものかと思いました。

今でも贈答品の多くは仕事先に送っています。しかし、もう一〇年以上前に仕事の関係がなくなった人が少なくありません。退職してしまった人もいます。つまり、仕事の利害関係のない元仕事先の人にも送っているということなのです。

仕事関係がなくなった時は、贈るのをやめるひとつのよいタイミングでしょう。実際にそうして送るのをやめた方も多いです。贈答時期になると、百貨店から今まで自分が贈った人のリストがカタログとともに送付されてきます。そして、贈答の品を選ぶ前に、そのリストから、送る人、送らないけれどリストには残す人、リストから削除してしまう人を選別するのです。

その中で、もう仕事の関係はないなと思っても、贈り続けたいと思う人が一〇人ほどいます。送ると礼状が来て、「もう仕事もしてないし退職もしてるから送らなくていいですよ」と気づかってくれたりします。しかし、また送ります。

仕事の関係はたいていイーブンです。求められた仕事をしてそれ相応の報酬をもらいます。必要がなくなったら終わります。もちろんそういう仕事がほとんどで、それでいいしそうやって食べてきました。しかし、そういうイーブンの仕事の関係になれるまでには過程がありました。

こいつは何かできるのではないかとチャンスをくれた人がいます。新しい仕事にはなかなか慣れずに迷惑もかけたのに、成長するのを待ってくれた人がいる。つまり、この人と出会わなかったら、いまの自分はなかったという人がいるのです。若く未熟な自分をガマンして使ってくれた。使い続けてくれた。当時のことを思い出すと頭が下がり、心が温かくなります。はたして、いま自分は若い人たちにあんな寛容な態度で接しているだろうかとも思います。

もちろん、長いこと共に仕事をして心を通わしていると思ったのに、しっぺ返しをされて辛い思いもたくさんしてきました。だからこそ、いま送っている人たちへは感謝の気持ちしかありません。

じつはひとり、送れなくて気になっている人がいます。ある大手出版社のMさんです。Mさんとの出会いは偶然でした。三〇代も半ばにある映画に出演することになりました。撮影に参加するのは二週間。海外ロケだったので、昼夜問わず現場にいることになります。撮影初日に監督から毎日の撮影日誌を書けと命じられました。帰国するときに、電話番号と名前を渡され、この人に会いにいき日誌を本にしてくれと頼みにいけと言われたのです。映画のプロモーションに使えると思ったのでしょう。それがMさんと出会ったきっかけです。出版社の面談室で一時間ほど話して、別れ際に「この日誌は本にはできませんが、佐藤さんとはまた話をしましょう」と言ってもらいました。

放送の仕事ばかりしていて、原稿を書く仕事をしたいと思っていたのでうれしかったことを覚えています。言葉通り、Mさんは、それからいろんなところに食事や呑みに連れて行ってくれました。三ヶ月に一度くらい、フレンチから文壇バーまで何回もご馳走になりました。二年近く経った頃にやっと、ひとつ原稿を書いてみますかと言ってくれた。月刊誌のルポの仕事です。取材をして書く、原稿用紙二〇枚ほどの仕事でした。

何とか書いてほっとしていたら、半日もしないうちに、赤ペンが入った原稿が戻されてきます。

テーマの設定から、取材対象に関すること、文章の書き方に関しても、文体やプロが原稿を書くときの作法まで徹底的にしごかれました。私の書いた文章は掲載できるレベルではなかったのです。仕事で海外出張が入っていても容赦はありませんでした。出発前に出した原稿は、海外のホテルに着くと直しを求めるメモと共にファクスされていました。

三〇代後半の頃は仕事もめっぽう忙しかったので、このMさんの原稿の仕事が入ると眠る時間が取れなくなりました。ふらふらになり何回も放り投げそうになりました。しかし、Mさんのダメ出しが知的で本質を付いている。それが自分もすとんと理解できる。かつ温厚なのです。感情的になったことは一度もありませんでした。だから放り投げることはできなかったのです。

時には脳科学の最前線について書けといわれ、日本を代表する脳科学者へのロングインタビューをさせてもらうこともありました。準備のための本を何冊も必死に読みヘトヘトになって仕事をしました。厳しくしてもらったからか、掲載された記事は読者の人気投票で名うてのジャーナリストの書く文章と毎回トップを争っていました。ボツになったのは、故大島渚監督へのロングインタビューだけです。

Mさんが月刊誌の編集部を離れる時に、一度だけ六本木のイタリアンでご馳走させてもらいました。もちろんその後も、中元、歳暮を送っていたのですが数年後に転居して宛先不明で送れなくなってしまいました。どうも、もともとの文芸の世界に戻ったようで、文芸誌の編集長もされたようです。

Mさんのおかげで何とか文章を書けるようになりました。Mさんだけでない。そんな忘れられない人たちに支えられた自分の人生が愛しきものに思えます。そういう人が一〇人以上もいる自分はしあわせものだと年に二度確認する。それが歳暮と中元の時期なのです。

そんな私が、まったく仕事の関係もない人からいろいろといただき物をするようになりました。たとえば、長年やっていたラジオのリスナーの人たちとSNSを通じて交流が始まり、経済やマネーの勉強会を開きます。その人たちからいろいろと送ってもらうのです。地元の美味しい酒、帰省先のパッションフルーツ、旅先で見つけた珍しいもの、旬の果物、実家の庭のゆず、家庭菜園で取れたジャガイモ、年に二回お茶を下さる方や、ラジオショッピングを聞いていたら、佐藤さんにもどうかと思ってと送ってくれる人もいます。仕事の関係がまったくないのにいただく。死んだ両親にこんなのもらったよと話しかけてからいただくことにしています。そして、こんなに良くしてもらうのにふさわしい人物なのかと自問します。そうならなくちゃいけないんだと毎回気持ちを引き締めています。

この数年はお年玉をほとんど関係のない若い人に渡すようになりました。岡山から三〇歳を過ぎて単身出て来て美容院で懸命に働く青年、シャンプー担当の中年の女性。でかい身体の私を一生懸命、揉みほぐしてくれる整体の先生。若い頃から通っていた新宿ゴールデン街の思い出の店では、店長が亡くなり閉店かと思ったら青年が店を守ってくれています。近くの居酒屋で働く福島出身の大学生の若者と大阪出身の役者志願の青年は、少ない人数で忙しく働いているのにいつも笑顔で迎えてくれます。そして、お互いに助け合っているところが見ていて気持ちいい。

そういう誠実に働く若い人の姿は自分の背筋をぴんとさせてくれます。しかし、バブルの時代だった私の若い頃と比べると、そういう仕事を世間はきちんと評価していないような気がします。だから、一二月になると銀行で五〇〇〇円札や一万円札の新券をもらっておき、ポチ袋に入れてさっと渡すのです。「俺はこの一年の仕事ぶりを見てたぜ、ご苦労さん、ありがとう」そんな気持ちで渡すのですが、口にしてるのは「これ、少ないけど、気持ちだけ」って言って渡すのです。みな一応に私の出すポチ袋に表情を変えます。こちらが驚くほどとてもうれしそうな顔をしてくれるのです。ああ、気持ちが伝わって良かったと私の方がうれしくなる瞬間です。

また、昨今の日本の夏は異常気象としか思えません。そんな夏の日も日本の物流を支えてくれるドライバーや宅配の方々。冷房のない外部での建築や工事、ゴミの収集などに従事する人など、感謝の気持ちが湧いてきます。そういう方々のおかげで日本のシステムは維持されているのです。そういう仕事の処遇はかつてはまともなものでしたが、グローバリズムの経済の変革の中で決して厚遇とはいえない状況です。そこで家に宅配に来てくださる方や新聞などの集金で来られる方などに缶コーヒーやペットボトルのミネラルウォーターなどを箱買いしておき何本か冷蔵庫に冷やしておき、「ご苦労さま」と言って渡すことにしています。私は苦虫を噛み潰した中年でいつも笑顔の感じがいい男ではないので、言葉だけでなくちょっとした飲み物に思いを託して渡すのです。すると、みなさん笑顔で「ありがとうございます」と言って受け取られます。その「ありがとう」と笑顔が今度は私をとてもしあわせな気持ちにしてくれます。

多くの人が昔は良かった、薄情な時代になったといいます。私はそうは思いません。薄情な人は確かにいますが、それはいつの時代もいるものです。いや、少し増えたのかもしれません。それなら、できる範囲で世の中を明るく温かいものにする側に廻ろうと思うのです。自分の若い時に受けた恩義をいまの人たちに伝えていきたい。

時にモノやお金のやり取りは、そこに灯った気持ちがくっきり浮かびます。もう美味しいものをウンと食べるより、温かい気持ちに囲まれて暮らす方がしあわせだと思う年齢になりました。お金は自分のためだけに使わない方がしあわせになれるのです。なんと不思議なものなのでしょうか。

あとがき　一〇円玉の重み

僕は、昭和三六年（一九六一年）に東京都杉並区大宮町で生まれました。

二九坪の土地の平屋に住んでいましたが、ほんの幼い頃に二階建てに建て替えられました。両親は二人とも新潟出身で父は東京外国語大学卒の会社員、母は新潟の高校を卒業して女優を目指して上京した人でした。母は結婚前は俳優座の養成所に通っていたと言っていました。まだ若かった二人の生活は当時にしてもとても質素でした。家は二階建てにはなったものの上の階の三部屋のうち二部屋は学生をおき賄い付きの下宿としていたし、母は毎晩夜遅くまで内職をしていました。マイホームを買うのに相当ムリをしていたのだと思います。

本当に慎ましい生活だったのです。

しかし、家にはナショナルの一四型のテレビジョンがありました。まだテレビのない家も多かった時代で、時おり近所の人が家にテレビを見に来たのを覚えています。

五歳になる頃にヤマハのアップライトのピアノが家にやってきました。そして、僕と妹にピアノを習わせてくれたのです。僕は今でも音楽が好きで、音楽のおかげで毎日の生活が慰められ、音楽を通して、自分と向き合うことができます、それは母が無理をして幼い頃に僕に音楽を授けてくれたからです。小学四年生の頃の音楽の授業の時は、先生から最初の五分間は授業を受け持つように言われました。今から考えても変なのですが、僕がピアノを弾きみなで合唱をしてから、授業が始まったのです。そんなことが、ちょっとした自信にもなったことは間違いありません。

しかし、うちにはそれ以外の旅行やレジャーは何もありませんでした。ごちそうのすき焼きはいつも豚のバラ肉。僕が初めて牛肉を食べたのは学校給食だと思います。家で二〇歳になるまで牛肉が出たことはありませんでした。例外は、時おり母がうれしそうに、今日のハンバーグは合挽きよと言っていた時くらいでしょう。もちろん、当時の生活を今の基準で比べることはできません。日本全体が質素だったからです。

当時の楽しみは日曜日に母と新宿のデパートに行くこと。それも新宿三丁目の伊勢丹に行くことでした。伊勢丹の屋上には子ども用の遊園地がありました。コーヒーカップや、豆電車、空を飛ぶ象などの遊具があった。それにふたつくらい乗せてもらえました。それが楽しみでした。終わると母はいろんなフロアでウィンドウショッピングをするのですが、ほとんど買物などはしません。ただ眺めているだけです。もちろん年に一度か二度は買物をすることもありましたが、そうすると、タータンチェックの伊勢丹のショッピングバッグとともに家に帰ることになります。そのショッピングバッグは家に帰っても捨てられずに大切に取っておかれたものです。

伊勢丹での用事が済むと時おり西口の京王百貨店の八階の大食堂に連れて行ってもらいました。食堂の前のガラスケースに並ぶ食品サンプルの前で、母はいつも「好きなものを選んでいいのよ」と言います。

そこで、私は小さな両手をガラスケースにつけて、端から端までじっくりと見て廻るのですが、毎回決まってこう言いました。

「お子様ランチ!」

「はい、分かりました」にっこりして母はそう応えました。

母は分かっていたのです。「上にぎり!」などとは五歳の私が決して言わないのを。

お子様ランチはご馳走でした。ハンバーグや目玉焼きも乗っていましたが、まあるく型取られたケチャップで炒めた赤いチキンライスの山の頂上には日の丸が立っていました。それをどのタイミングでスプーンを入れるか少し迷ったのを今でも覚えています。毎週、火曜日くらいになると、週末はデパートに行かないの？　とせがみました。当時の贅沢のすべてだったからです。満面の笑顔でお子様ランチを食べる僕を母はにっこりとして見ていましたが、自分では何も食べないことが多かったです。ただ子どもたちの笑顔を見ていました。

デパートに行く時は、大宮八幡前のバス停から永福町駅発の新宿西口行きの京王バスに乗ります。ワンマンバスの時代ではなく、帽子を被った女性の車掌さんがいた時代です。そして、バスは今もある西口のロータリーに到着します。西口は京王百貨店と小田急百貨店が今と同じようにありました。慎ましい生活をしているのに、バスを降りると、母は財布を出して僕に一〇円玉を握らせました。当時の僕はもうその一〇円玉は美味しいお菓子に変わることを知っていました。ところが母は僕の背中をおして促しました。

「さあ、いってらっしゃい」

母が促したその先の小田急百貨店の前には白い服をきた傷痍軍人の人が二、三人いました。片足や片腕のない人もいたし、頭をうなだれている人も、ハモニカを吹く人もいました。中にはぎっと睨むように遠くを見ている人もいました。各々の前に白い箱があって、自らがどこの戦地でどう戦ったかが書いてありました。そうやって、高度経済成長の入口に立ち豊かになりつつあった東京の人たちの行き交う街のど真ん中で手をついていたのです。そこだけ切り取られたかのような空間でした。

戦争経験が書かれた白い箱は募金箱にもなっていて、母に背中をおされた僕はそこに手の中の一〇円玉を入れました。そして、幼い僕は自然と頭を下げたのです。なぜ五歳の自分が頭を下げたのかは分かりませんが自然と頭が下がったのです。そして、なぜかそこに立ち尽くしてしまうこともありました。片足のない、片腕のない、真っ白い服装の軍人サンたちの前で。

そうしていると、母はすっと寄って来て僕の片手をぎゅっと握って伊勢丹の方に歩いていきました。僕は母の顔を見上げるのですが、前を向き決して振り向かず、何も言いませんでした。無言の時間は西口から伊勢丹のある東口を結ぶ角筈ガードを抜けるまで続きました。ガードの下をくぐる時に、上から山の手線の轟音がしました。

あの時のことを今でも鮮明に覚えています。あれから五〇年以上が過ぎ、新宿には傷痍軍人はいなくなりました。でも僕はあの人たちのことを忘れないようにしたいと思っています。母が何回も握らせてくれた一〇円玉のおかげで、世の中のことを考える上でとても大切な根っこになるようなことが自分の中にできたのです。母がそれを授けてくれたのです。

これで、この本はおしまいです。最後まで読んでいただいて本当にありがとうございました。本の文化は、書き手が文章を起こし、担当の編集者が最初の読者として意見や間違ったところを指摘してくれて練り直し、装丁し印刷したものを出版社が出してくれて、本屋さんにおいていただき、それをみなさんが見つけて大切なお金を出して買ってくださって、こうして知性と心で読んで何らかの思いを持っていただくことで完結します。極めてアナログの世界です。これからどうなっていくのか分かりませんが、それを心から愛しています。その世界を支えてくださり、本当にありがとうございました。

また、経済やマネーの本を中心に書いてきた私にこうした機会を与えてくださった晶文社の足立恵美さん、素敵な装丁をプレゼントしてくださった平野甲賀さんにも謝辞を述べさせてください。それでは、みなさんとまたどこか他の書籍でお目にかかれますように。そして、平成が戦争のないまま終わることに心からの安堵の思いとこれからも平和で自由で誰にでも優しい日本でありますように、そんな思いで筆を擱きます。

平成三一年（二〇一九年）四月

佐藤治彦

著者について

佐藤治彦（さとう・はるひこ）

経済評論家、ジャーナリスト。1961年、東京都生まれ。慶應義塾大学商学部卒業、東京大学社会情報研究所教育部修了。JPモルガン、チェースマンハッタン銀行で銀行員としてデリヴァティブを担当。その後、短期の国連ボランティア、企業コンサルタント、放送作家を経て、テレビ、ラジオ、雑誌などで経済やマネーについての経済評論家、コメンテーターなどを務めている。近著に『年収300万～700万円 普通の人が老後まで安心して暮らすためのお金の話』『年収300万～700万円 普通の人がケチらず貯まるお金の話』（ともに扶桑社）、『なぜかお金がなかなか貯まらない若いサラリーマンが知っておきたいお金の教科書』（大和書房）、『お金が増える不思議なお金の話』（方丈社）などのほか、趣味の海外旅行を活かした『ガイドブックにぜったい載らない海外パック旅行の選び方・歩き方』（アスペクト）や『海外パックツアーをもっと楽しむ本』（PHP研究所）、『アジア自由旅行』（島田雅彦氏との共著、小学館）などの旅行関連の著書がある。

しあわせとお金《かね》の距離《きょり》について

二〇一九年四月三〇日初版

著者　佐藤治彦

発行者　株式会社晶文社

東京都千代田区神田神保町一－一一　〒一〇一－〇〇五一

電話（〇三）三五一八－四九四〇（代表）・四九四二（編集）

URL http://www.shobunsha.co.jp

印刷・製本　株式会社太平印刷社

DTP　株式会社キャップス

ISBN978-4-7949-7084-8　Printed in Japan